D1798984

Tucholsky Wagner Zola Scott Sydow Schlegel
Turgenev Wallace Fonatne Freud
Twain Walther von der Vogelweide Fouqué Friedrich II. von Preußen
Weber Freiligrath Frey
Fechner Fichte Weiße Rose von Fallersleben Kant Ernst Frommel
Richthofen
Hölderlin
Engels Fielding Eichendorff Tacitus Dumas
Fehrs Faber Flaubert
Eliasberg Ebner Eschenbach
Feuerbach Maximilian I. von Habsburg Fock Zweig
Ewald Eliot Vergil
Goethe Elisabeth von Österreich London
Mendelssohn Balzac Shakespeare Dostojewski Ganghofer
Trackl Lichtenberg Rathenau Doyle Gjellerup
Mommsen Stevenson Hambruch
Thoma Tolstoi Lenz Hanrieder Droste-Hülshoff
Dach Verne von Arnim Hägele Hauff Humboldt
Reuter
Karrillon Garschin Rousseau Hagen Hauptmann Gautier
Defoe
Damaschke Descartes Hebbel Baudelaire
Wolfram von Eschenbach Schopenhauer Hegel Kussmaul Herder
Bronner Darwin Dickens Grimm Jerome Rilke George
Melville Bebel
Campe Horváth Aristoteles Proust
Bismarck Vigny Barlach Voltaire Federer Herodot
Gengenbach Heine
Storm Casanova Tersteegen Grillparzer Georgy
Chamberlain Lessing Langbein Gilm Gryphius
Brentano Lafontaine
Strachwitz Claudius Schiller Kralik Iffland Sokrates
Katharina II. von Rußland Bellamy Schilling
Gerstäcker Raabe Gibbon Tschechow
Löns Hesse Hoffmann Gogol Wilde Gleim Vulpius
Luther Heym Hofmannsthal Klee Hölty Morgenstern
Roth Heyse Klopstock Goedicke
Luxemburg Puschkin Homer Kleist
La Roche Horaz Mörike
Machiavelli Kierkegaard Kraft Kraus Musil
Navarra Aurel Musset
Nestroy Marie de France Lamprecht Kind Kirchhoff Hugo Moltke
Nietzsche Nansen Laotse Ipsen Liebknecht
Marx Ringelnatz
von Ossietzky Lassalle Gorki Klett Leibniz
May vom Stein Lawrence Irving
Petalozzi Platon Knigge
Sachs Poe Pückler Michelangelo Kock Kafka
Liebermann Korolenko
de Sade Praetorius Mistral Zetkin

La maison d'édition tredition, basée à Hambourg, a publié dans la série **TREDITION CLASSICS** des ouvrages anciens de plus de deux millénaires. Ils étaient pour la plupart épuisés ou uniquement disponible chez les bouquinistes.

La série est destinée à préserver la littérature et à promouvoir la culture. Elle contribue ainsi au fait que plusieurs milliers d'œuvres ne tombent plus dans l'oubli.

La figure symbolique de la série **TREDITION CLASSICS**, est Johannes Gutenberg (1400 - 1468), imprimeur et inventeur de caractères métalliques mobiles et de la presse d'impression.

Avec sa série **TREDITION CLASSICS**, tredition à comme but de mettre à disposition des milliers de classiques de la littérature mondiale dans différentes langues et de les diffuser dans le monde entier. Toutes les œuvres de cette série sont chacune disponibles en format de poche et en édition relié. Pour plus d'informations sur cette série unique de livres et sur l'éditeur tredition, visitez notre site: www.tredition.com

tredition a été créé en 2006 par Sandra Latusseck et Soenke Schulz. Basé à Hambourg, en Allemagne, tredition offre des solutions d'édition aux auteurs ainsi qu'aux maisons d'édition, en combinant à la fois édition et distribution du contenu du livre en imprimé et numérique et ce dans le monde entier. tredition est idéalement positionnée pour permettre aux auteurs et maisons d'édition de créer des livres dans leurs propres domaines et sujets sans prendre de risques de fabrication conventionnelles.

Pour plus d'informations nous vous invitons à visiter notre site: www.tredition.com

La maison de la courtisane
Nouveaux Poèmes

Oscar Wilde

Mentions légales

Cette œuvre fait partie de la série TREDITION CLASSICS.

Auteur: Oscar Wilde
Conception de couverture: toepferschumann, Berlin (Allemagne)

Editeur: tredition GmbH, Hambourg (Allemagne)
ISBN: 978-3-8491-3696-3

www.tredition.com
www.tredition.de

L'objectif de TREDITIONS CLASSICS est de mettre à nouveau à disposition des milliers d'œuvres de classiques français, allemands et d'autres langues disponible dans un format livre. Les œuvres ont été scannés et digitalisés. Malgré tous les soins apportés, des erreurs ne peuvent pas être complètement exclues. Nos partenaires et nous même, tredition, essayons d'aboutir aux meilleurs résultats. Toutefois, si des fautes subsistent, nous vous prions de nous en excuser. L'orthographe de l'œuvre originale a été reprise sans modification. Il se peut que ce dernier diffère de l'orthographe utilisée aujourd'hui.

{1}

OSCAR WILDE

La Maison de la Courtisane

NOUVEAUX POÈMES

Traduction d'ALBERT SAVINE

DEUXIÈME ÉDITION

PARIS. — Ier

P.-V. STOCK, ÉDITEUR 155, RUE SAINT-HONORÉ. 155

1919 BIBLIOTHÈQUE COSMOPOLITE

LA MAISON DE LA COURTISANE

Nous perçumes le bruit cadencé de pas de danseurs; nous suivîmes, en flanant, la rue éclairée par la lune et nous arrêtâmes devant la maison de la Courtisane.

De l'intérieur, à travers le tumulte, le désordre, nous entendions les musiciens jouer à grand bruit le *Coeur cher et fidèle* de Strauss.

Pareilles à d'étranges et grotesques pantins, décrivant de fantastiques arabesques, des ombres couraient sur le store.

Nous regardions les danseurs-fantômes {4}tournoyer aux sons du cornet-à-piston et du violon, comme des feuilles noires que le vent fait tourbillonner.

Ainsi que des automates mis en mouvement par des fils, ces minces squelettes dessinés en silhouettes, allaient glissant, se formant en lent quadrille.

Ils se prenaient par la main et dansaient une ronde grandiose, et parfois éclatait l'écho grêle et aigu des rires.

Parfois une poupée à mouvement d'horlogerie pressait contre sa poitrine un amant-fantôme; on eut dit parfois qu'ils se disposaient à fredonner et à chanter.

Parfois une horrible marionnette se détachait et fumait une cigarette sur les degrés du perron: on eut dit une chose qui vivait.

Alors me tournant vers mon aimée, je lui dis: «Ce sont des morts qui dansent avec des morts; c'est de la poussière qui tourbillonne avec de la poussière.»

{5}Mais elle, elle répondit à l'appel du violon; elle me quitta, elle entra. L'Amour pénétra dans la demeure du Plaisir.

Et soudain les sons prirent un timbre faux. Les danseurs furent las de valser; les ombres cessèrent de tournoyer, de virer.

{6}

Et par la rue longue et silencieuse, l'aurore, aux pieds chaussés de sandales d'argent, parut furtive comme une jeune fille apeurée.

{7} {8}

RAVENNE

Poème récité au théâtre Sheldon, à Oxford, le 26 juin 1878. {9}

À MON AMI

GEORGES FLEMING

Auteur du *Roman du Nil* et de *Mirage*. {10}

I

Ravenne, Mars 1877.

Oxford, Mars 1878.

Il y a un an, je respirais l'air de l'Italie, — et pourtant, il est beau, ce me semble, ce printemps du Nord, avec ces campagnes que dore la fleur de mars, le sansonnet qui chante sur le bouleau velouté, les freux qui croassent, les ramiers des bois qui voltigent de ci de là, les petits nuages qui courent par le ciel. Elle est jolie la violette, qui penche doucement la tête, {12}la primevère, pâle d'amour inconsolé, la rose qui bourgeonne sur l'églantier grimpant, le groupe de cro-cus, (qu'on dirait une lune de feu, qui aurait pour contour un an-neau pourpre de fiançailles), et toutes les fleurs de notre printemps anglais, les charmantes perce-neige et l'asphodèle aux brillantes étoiles. L'alouette prend son essor près du moulin qui murmure, et brise les fils de la vierge que couvre la première rosée, et le long de la rivière, pareil à une flamme bleue, file comme une flèche le mar-tin-pêcheur, pendant que les linottes brunes chantent dans la verte feuillée.

Il y a un an.... Il semble qu'un temps bien court se soit passé, depuis la dernière fois que j'ai vu ce magnifique climat du Sud, où fleur et fruit prennent le rayonnement de la pourpre, où les pommes de la table brillent comme des lampes allumées. C'était alors le Printemps, et je che {13}vauchais à mon gré par des vignes à la riche floraison, par les sombres bosquets d'oliviers. L'air moite était doux. La route blanche résonnait sous les pieds de mon cheval, et tout en rêvant au nom antique de Ravenne, j'épiais le jour jusqu'au moment où masqué de blessures de flamme, le ciel de turquoise prit la teinte de l'or bruni.

Oh! comme mon coeur brûla d'une jeune passion, quand bien loin par delà les roseaux et les eaux stagnantes, j'aperçus cette cité sainte surgissant en traits clairs, et portant sa couronne de tours. J'accélérai mon galop, rivalisant avec le soleil couchant, et avant que se fussent éteintes les dernières lueurs cramoisies, je me vis enfin dans l'enceinte de Ravenne.

{14}

II

Quel étrange silence! Nul bruit de vie ou de joie n'agite l'air. Point de jeune berger rieur, qui joue du chalumeau. Même pendant tout le jour, on n'entend pas les cris heureux des enfants qui jouent. Comme c'est triste, et doux, et silencieux! Assurément on pourrait vivre ici bien loin de toute crainte, à voir le défilé des saisons, depuis l'amoureux printemps jusqu'à la pluie et la neige de l'hiver, sans jamais avoir un souci. Ces eaux, sans nul doute, sont celle du Lethé, et cette plante est celle qui donne à l'homme l'oubli de sa patrie.

Oui! parmi les prairies semées de lotus, tu te dresses comme Proserpine, la tête {15}couronnée de pavots, et tu gardes les cendres sacrées des morts. Car bien que tu aies cessé d'enfanter des générations guerrières, tes nobles morts sont avec toi, — eux du moins, sont fidèles à ta gloire. — Garde-les avec sollicitude, ô cité sans enfants. Car c'est un charme puissant pour éveiller chez les hommes les rêves de choses sublimes, que ces tombes solitaires où reposent les grandeurs du passé.

III

Voyez ce pilier voûté, qui se dresse dans la plaine. Il marque la place où le plus brave des chevaliers de France reçut le coup mortel. C'était le prince de la chevalerie, le seigneur de la guerre. C'était Gas {16}ton de Foix. Quelque étoile de malheur l'entraîna contre ta cité et il tomba, combattant bravement, comme tombe un lion de la forêt. Il fût ravi à la vie alors que la vie et l'amour étaient nouveaux pour lui. Il repose sous le voile bleu sans couture de Dieu. De hauts roseaux pareils à des lances oscillent tristement sur sa tête, et des nerpruns prennent un rouge plus vif là où s'épancha sur le sol le sang pourpre de sa brillante jeunesse.

Portez vos regards un peu plus loin au nord, vers ce tertre ravagé. Là gît maintenant captif dans une tombe digne d'un prince, et élevée par la main de sa fille, dans la profondeur ténébreuse, Théodoric, le roi goth à la puissante membrure. C'est là qu'il dort, las enfin de ses victoires. Le temps n'a point épargné la ruine. Le vent et la pluie ont abattu sa forteresse, et nous voyons une fois de plus que la mort est le {17}souverain maître de toutes choses, et que roi et paysan doivent devenir de la poussière.

Sans doute, elle fut grande leur gloire à eux! mais à mes yeux, le roi barbare, le héros de la chevalerie, la grande reine elle-même étaient chose misérable et vaine, à côté du tombeau où Dante se repose de ses peines. Sa tombe dorée s'ouvre en plein air, et un sculpteur aux mains habiles y a gravé le front blanc et calme, aussi calme que l'aube naissante, ces yeux où s'allumaient les éclairs de l'amour et du dédain, ces lèvres qui chantèrent le ciel et l'enfer, cette figure ovale que dessina si bien Giotto, la figure lasse du Dante. Jusqu'à ce jour, il est resté au lieu où il a trouvé le repos, bien loin de l'Arno qui précipite ses flots jaunes sous les larges ponts de cette belle cité, où le haut campanile de Giotto semble se dresser comme un lis de {18}marbre sous des cieux de saphir. Hélas! mon Dante, tu as connu la douleur des existences plus vulgaires, la chaîne odieuse de l'esclavage, et combien il est pénible de monter les degrés dans les demeures des rois, et toutes les mesquines misères qui défigurent la noble physionomie d'un homme sous le ressentiment de l'injustice. Et pourtant ce morne univers est reconnaissant de ton chant; nos nations te rendent hommage; et elle aussi, cette reine cruelle de la Toscane vêtue de vignobles, elle qui de ton vivant a mis sur ton front une couronne d'épines, elle a maintenant couvert de lauriers ta tombe vide et redemande vainement les cendres de son fils.

O le plus grand des exilés, ta souffrance est finie, ton âme est maintenant auprès de ta Béatrice. Ravenne garde tes cendres. Dors en paix.

{19}

IV

Comme ce palais est solitaire! Comme ces murs sont gris! Nul
ménestrel n'éveille désormais l'écho dans ces salles. La chaîne bri-
sée, rongée de rouille, pend à la porte, et les mauvaises herbes ont
fendu le pavé de marbre. Par ici se cache le serpent, et par là les
lézards courent près des lions de pierre qui clignotent au soleil.
C'est là que Byron logea, qu'il abrita son amour et ses plaisirs pendant deux longues années, comme un autre Antoine, pour qui l'univers fut un autre Actium. Pourtant il ne laissa point se faner son
âme royale, ni se briser sa lyre, ni s'émousser la pointe de sa lance,
grâce aux arts perfides d'une reine d'Egypte. Car de l'Orient se fit en
{20}tendre un grand cri. La Grèce se dressa prête à combattre pour
la liberté, et elle le fit venir de Ravenne. Jamais chevalier ne partit
plus généreusement pour les mêlées des batailles, nul ne tomba plus
bravement sur le sol ensanglanté, d'où on le rapporta sur son bouclier comme on eût fait d'un Spartiate. O Hellade, Hellade! En ton
heure de fierté, en ton jour de puissance, rappelle-toi celui qui
mourut pour arracher de tes membres les chaînes de la servitude. O
Salamine, ô plaines solitaires de Platée, ô vagues furieuses de la mer
Eubéenne pleine de tempêtes, ô cimes des Thermopyles désertes
que balaient les vents, il vous aima bien, et non point en paroles
seulement, celui qui te donna si libéralement sa lyre et son épée,
comme fit Eschyle dans la bataille acharnée de Marathon.

Et l'Angleterre, elle aussi, se réjouira de {21}son fils, de son guerrier poète, le premier à chanter et à combattre. La calomnie, à la rage
empoisonnée, n'osera plus ramper comme un serpent sur son nom
accompli et défigurer l'écusson seigneurial de sa renommée.

Car, ainsi que la couronne d'olivier, récompense de la course, il-
lumine de joie la figure animée de tous les coureurs, comme la croix
rouge qui sauve les hommes pendant la guerre, comme le phare
empanaché de flamme qu'aperçoivent de loin les marins sur une
mer que soulève l'orage, tel était son amour pour la Grèce et la
Liberté.

Byron, tes couronnes sont éternellement fraîches et vertes. Les pétales rouges des roses de la Sapphique Mitylène ceindront ton front.
Pour toi fleurit le myrte, dans des clairières mystérieuses, près de la
solitaire Castalie. Les lauriers attendent ta {22}venue, et ils sont tous

à toi, et leur entrelacement formera autour de ta tête une couronne parfaite.

V

Les cimes des pins se balançaient à la brise du soir, au murmure enroué des flots de l'hiver, et les troncs élancés étaient rayés d'ambre brillante. Je me promenais par les bois, plein d'une joie emportée. Un oiseau effarouché, de ses ailes battantes et de ses pattes, faisait voler en neige toutes les fleurs. À mes pieds, pareils à des couronnes d'argent, étaient les pâles narcisses, et des oisillons chantaient sur toutes les branches entrelacées. O arbres, flexibles, ô liberté de la forêt, dans vos {23}asiles, du moins un homme est libre, et oublie en partie le monde las de querelles. Le sang coule plus chaud, et une sensation de vie s'éveille dans les veines accélérées, pendant qu'une fois de plus, les bois s'emplissent de divinités que nous avions cru mises à mort. Pendant longtemps j'attendis, et certainement j'espérai voir quelque Pan aux pieds de chèvre chanter de joyeuses chansons parmi les roseaux, quelque vierge dryade surprise, et s'enfuyant pudiquement, ou bien les contours harmonieux et les membres bruns, la figure effrontée et trompeuse de quelque dieu des bois embusqué dans la clairière, la reine Diane chasseresse, aux membres blancs, impitoyable, à l'air fier, tenant en laisse les chiens de meute bondissant à ses côtés, ou bien Hylas réfléchi par les eaux pures du ruisseau.

O coeur oisif! O rêve chéri de l'Hellade! {24} Avant qu'il fût longtemps, les vibrations croissantes et décroissantes, aux sons mélancoliques des carillons du soir, la cloche qui sonnait les vêpres dans un couvent, vinrent frapper mon oreille parmi ces fleurs d'amour. Hélas! hélas! ces heures douces comme le miel, avaient englouti mon coeur comme une mer envahissante et noyé tout souvenir du noir Gethsemani.

VI

O solitaire Ravenne, on fait plus d'un récit sur les grandes gloires de tes jours d'autrefois. Deux mille ans se sont écoulés, depuis que tu vis César monter à cheval pour aller remporter d'impériales victoires. Ton nom était puissant lorsque les {25}maigres aigles de

Rome volaient des Iles Britanniques aux lointains flots bleus de l'Euphrate, et tu régnais en noble reine sur les peuples, jusqu'au jour où l'on vit dans les rues le Goth et le Hun. Découronnée par l'homme, désertée par la mer, tu dors bercée dans une pauvreté solitaire. Désormais, sur ta rive où s'enflait la marée, les milliers de galères, comme une forêt de pin, ne vogueront plus, car là où flottaient constamment des vaisseaux à l'éperon de bronze, le berger morose joue ses airs pleins de tristesse, et les blanches brebis errent à leur gré dans les lieux où coulaient les eaux empourprées de l'Adria.

Quelle beauté! Quelle tristesse! O reine inconsolée, tu gis morte au milieu du charme des ruines, seule parmi toutes tes soeurs, car du moins le roi guerrier de l'Italie a franchi la plus fière des portes de Rome et a porté la couronne dans les tem {26}ples orgueilleux de la Ville Eternelle et fait retentir de son nom les sept montagnes.

Et Naples a survécu à son rêve de douleur, et elle raille ses tyrans. Venise ressuscite et reparaît du fond des eaux, et le cri de Lumière et Vérité, d'Amour et Liberté, se fait entendre dans Gênes l'impérieuse, et là où les clochers de marbre de Milan trouent l'air. Il résonne depuis les Alpes jusqu'aux rives siciliennes, et le rêve de Dante n'est plus un rêve maintenant.

Mais toi, Ravenne, toi qui fus la plus aimée, tes palais en ruines ne sont plus qu'un voile funèbre jeté sur ta grandeur tombée, et ton nom brille comme la flamme terne et frissonnante d'une bougie, sous la splendeur du soleil en plein midi, de la nouvelle Italie. Car la nuit a disparu, la nuit de sombre oppression, et le jour {27}s'est levé avec une magnificence d'enthousiasme. Les chiens de l'Autriche sont chassés bien loin du pays, par delà ces citadelles couronnées de glace, qui se dressent pour former une ceinture à la plaine de la Royale Lombardie, depuis l'Orient lointain jusqu'à la mer orientale.

Je sais, il est vrai, que, du nombre de tes fils, il en fut qui périrent dans les eaux de Lissa, sur les pentes escarpées d'Aspromonte, sur la plaine de Novare, mais ce n'est point en vain que tes enfants sont morts pour toi. Et pourtant, à ce qu'il me semble, tu n'as point bu de ce vin sorti des raisins nouvellement foulés de la Liberté divine, tu n'as point suivi cette étoile immortelle qui pousse les peuples vers les exploits guerriers. Lasse de la vie, tu restes plongée dans le silencieux sommeil. Comme celui qui suit des yeux la venue des ombres qui s'allongent, indifférent aux heures qui {28}vont à pas pressés, tu portes le deuil de quelque jour de gloire, car le soleil de la Liberté ne t'a point montré sa face, et dans la course tu n'as point conquis de flambeau.

Ne te réveille pas néanmoins de ton assoupissement. Reste bien en repos parmi les Asphodèles ambrés de tes campagnes, dans tes prés semés de lis. Reste là en repos, pour railler toute grandeur humaine. Qui oserait étaler les mesquins soucis de son existence, en présence de tes ruines, ou louer les querelles ambitieuses des rois, et l'orgueil stérile des nations en guerre? N'as-tu point été la fiancée du prince farouche qui régnait sur l'orageuse Adriatique, la reine des empires jumeaux, et les nations ne t'ont-elles pas été données en proie? Et maintenant, tes portes restent ouvertes nuit et jour. L'herbe pousse drue sur toutes tes tours, dans tous tes palais. Le sinistre figuier a lézardé ton mur de {29}bastions, et là où prenaient leur repos les guerriers vêtus de mailles, la chouette de minuit a fait son nid caché. Oh! déchue, déchue de tes grandeurs, ô cité captive dans les filets de la Destinée, rien ne reste de tous tes jours de gloire qu'un écusson terni et une couronne de lauriers flétris.

Pourtant, qui donc, sous cette nuit de guerre et de terreurs, peut du haut de la tour tranquille épier la venue des armées futures? Qui peut dire à l'avance quelles joies amènera le jour, ou pourquoi les linottes chantent avant l'aube? Toi, toi aussi, tu peux te réveiller, ainsi que la rose se réveille, en son éclat d'incarnat, du tombeau que lui font les neiges, comme les opulents champs de blé qui rougissent, puis se dorent, surgissent de ce sol brun, que durcit l'âpre voix de l'hiver, ou comme des mêlées de la tempête se dégage une parfaite étoile.

{30}O cité tant aimée, j'ai voyagé bien loin des îles ceintes de vagues qui sont ma patrie. J'ai vu le sombre mystère du Dôme s'élever lentement sur la route de la morne Campagna et se revêtir de la royale pourpre du jour, et de la cité couronnée de violettes, j'ai assisté au coucher du soleil près de la colline de Corinthe, et j'ai vu le «rire infiniment nombreux de la mer» du haut des collines qu'éclairaient les étoiles, dans l'Arcadie constellée de fleurs, et pourtant c'est à toi que revient mon plus complet amour, comme revient le soir à son nid de la forêt la tourterelle attardée.

O cité du poète, celui qui a vu à peine une vingtaine d'étés perdre leur justaucorps vert pour prendre la livrée de l'automne, ferait un vain effort pour éveiller sur sa lyre un chant plus sonore, ou pour dire les jours de gloire; et vraiment c'est peu de chose que le léger murmure qui sort du {31}chalumeau du pâtre, alors que le souffle vibrant du clairon devrait ébranler le ciel et embraser toute la voûte. Et ce serait folie que d'aborder de pareils sujets. Pourtant, je sais que mon coeur n'a jamais éprouvé une plus noble ardeur que le jour où je réveillai tes rues de leur silence sous le choc bruyant des fers de mon cheval, et que je vis la ville que j'essaie de chanter maintenant, après de longues journées d'un voyage monotone.

VII

Adieu, Ravenne! Mais il y a un an je restai debout à contempler la pourpre splendide du couchant, dans la chapelle solitaire de ta plaine marécageuse. Le ciel {32}était pareil à un bouclier qui aurait reçu du soleil mourant la tache du sang et de la bataille, et à l'ouest, les nuages fermant le cercle avaient tissé une robe royale, digne d'être portée par quelques-uns des grands Dieux, pendant que dans la vaste étendue, l'océan de l'air empourpré, descendait la galère dorée du Dieu de la lumière.

Ici encore, la douce tranquillité de la nuit ramène le flux montant du souvenir, et ravive l'amour passionné que j'eus pour toi. C'est maintenant le Printemps d'amour, mais bientôt l'Eté s'épanouira en maître sur les prairies, sur les arbres, et bientôt le gazon s'embellira de fleurs plus brillantes, et produira des lis que fauchera quelque adolescent. Puis, avant peu, le vainqueur de l'Eté, l'opulent Automne, saison usurière, prêtera son or accumulé à tous les arbres, pour le voir dispersé de {33}tous côtés par la prodigalité de la brise. Et ensuite ce sera le froid et monotone Hiver. Ainsi s'accomplit jusqu'au bout le cycle de l'année. Ainsi nous allons de l'adolescence à l'âge viril, pour déchoir dans les jours pénibles où les boucles de cheveux sont de neige. L'amour seul ne connaît point l'hiver: il ne meurt jamais, il n'a aucun souci des menaces de l'orage ni du ciel de plomb. Et celui que j'ai pour toi ne passera jamais, alors même que mes lèvres faibles ne pourraient que bégayer ton éloge.

Adieu! Adieu! L'étoile silencieuse du soir, avant courrière de la nuit, scintille dans le lointain et avertit le berg {34}er de ramener ses troupeaux au bercail. Peut-être, avant que les mers d'or de nos champs soient réunies en gerbes par les moissonneurs, peut-être avant que je voie les feuilles d'automne, je pourrai contempler ta cité, et déposer humblement à tes pieds la couronne de lauriers du poète.

Adieu! Adieu! cette lampe d'argent, la lune, qui pour nous fait l'heure de minuit aussi claire que midi, éclaire sûrement tes tours, et fait bonne garde là où Dante dort, où Byron aimait à vivre.

{35} {36} {37}

TAEDIUM VITAE

Poignarder ma jeunesse avec les armes du désespoir, porter la livrée voyante de ce siècle mesquin, laisser les mains les plus viles voler mon trésor, avoir mon âme captive dans les filets d'une chevelure de femme, et n'être que le domestique mercenaire de la Fortune, je jure que je ne l'aime point. Tout cela, c'est pour moi moins que la légère écume qui se joue sur la mer, moins que l'aigrette du chardon, en un jour d'été, détachée de sa graine. Mieux vaut me tenir à l'écart, bien loin {38}de ces sots calomniateurs qui raillent ma vie, ne me connaissant point. Mieux vaut le plus humble toit fait pour abriter le plus pauvre journalier, que de rentrer dans cette caverne où l'on s'enroue à se chamailler, où {39} mon âme blanche a pour la première fois baisé le péché sur tes lèvres.

{40} {41}

LA SPHINGE

À

{42}

MARCEL SCHWOB

en témoignage d'amitié et d'admiration.

{43}Dans un angle sombre de ma chambre, pendant plus de temps que n'en conçoit mon imagination, une belle et silencieuse Sphinge m'a contemplé à travers les ondoiements des ténèbres. Intangible, immobile, elle ne se lève point, elle ne fait aucun mouvement. Car les lunes argentées ne sont rien pour elle, non plus que les soleils qui roulent. Dans l'air le rouge succède au gris; les vagues du clair de lune montent, s'abaissent, mais lorsque vient l'aurore, elle ne s'en va point, et lorsque revient la nuit, elle est là. {44}

L'aurore suit l'aurore, et les nuits marchent à leur déclin, et pendant tout ce temps cette chatte singulière reste allongée sur le tapis chinois, ses yeux de satin à la bordure d'or. Elle reste couchée sur la natte, elle épie obliquement, et sur sa gorge couleur de tan roule en vague sa fourrure douce et soyeuse, qui parfois ondule jusqu'à ses oreilles pointues. Approchez donc, mon charmant sénéchal, qui somnolez en votre pose de statue. Approchez donc, être d'un grotesque si exquis, à demi-femme, à demi-animal.

Approchez, ma charmante, ma langoureuse Sphinge, et venez poser votre tête {45}sur mon genou, et laissez-moi passer une main caressante sur votre gorge et voir, votre corps tacheté comme le lynx. Et laissez-moi toucher ces griffes recourbées, en jaune ivoire, et prendre à pleine main cette queue qui, pareille à un monstrueux serpent, s'enroule autour de vos grosses pattes de velours. Un millier de siècles pesants t'appartiennent, alors que moi, j'ai vu à peine une vingtaine d'étés quitter leur livrée verte pour prendre la livrée bariolée de l'automne.

Mais vous, vous savez lire les hiéroglyphes sur les grands obélisques de grés, et vous vous êtes entretenue avec les basilics, et vous avez regardé face à face les hyppogriffes. Oh! Dites-le moi, étiez-vous présente, quand Isis s'agenouillait devant {46} Osiris, et avez-vous vu l'Egyptienne lorsqu'elle faisait fondre la perle pour Antoine, et qu'elle buvait le vin tout énivré du joyau, et qu'en une feinte terreur, elle penchait la tête pour regarder le colossal proconsul tirer de l'écume le thon salé.

Et avez-vous épié la Cyprienne, lorsqu'elle baisait le blanc Adon sur sa couche funèbre. Et avez-vous suivi Amenalk, le Dieu d'Héliopolis? Et avez-vous causé avec Thoth, et avez vous entendu pleurer Io, couronnée des cornes lunaires et connu les rois peints qui dorment sous la Pyramide en forme de coin? Relevez vos grands yeux de satin noir, pareils à des coussins où l'on se laisse aller. Venez-vous étirer à mes pieds, fantastique Sphinge, et contez-moi tous vos souvenirs. {47}

Dites-moi en vos chants la Vierge juive qui allait errant avec le Saint Enfant, et comment vous les avez guidés à travers le désert, et comment ils dormirent parmi votre ombre. Dites-moi cette verte soirée pleine de parfums, alors que couchée près de la rive, vous entendiez monter de la barque dorée d'Adrien le rire d'Antinoüs, et comment vous avez lapé dans le courant, et désaltéré votre soif, et contemplé d'un regard ardent, avide, le corps d'ivoire de ce jeune et bel esclave, à la bouche pareille à une grenade.

Dites-moi le labyrinthe qui servait d'étable pour le taureau à la double forme. {48} Parlez-moi de la nuit où vous rampiez sur la plinthe de granit du temple, où l'ibis écarlate voltigeait par les corridors tendus de pourpre, en criant tout effrayé, et l'horrible rosée qui tombait goutte à goutte des gémissantes mandragores, et l'énorme et somnolent crocodile qui versait dans son bassin des larmes boueuses, et, arrachant les joyaux fixés à ses oreilles, retournait au Nil d'une allure vacillante.

Et comment les prêtres vous maudissaient en psaumes chantés d'une voix criarde, le jour où vous avez saisi en vos griffes leur sergent; et comment, vous vous êtes glissée en rampant, pour assouvir votre passion sous les palmiers frissonnants. Qui donc étaient vos amants, quels étaient ceux qui luttaient pour vous dans {49}la poussière? Quel était l'instrument de votre luxure, quel amoureux aviez-vous chaque jour? Etaient-ce des lézards géants qui venaient s'accroupir devant vous parmi les roseaux du rivage? Des grillons aux vastes flancs de métal venaient-ils s'abattre sur vous, sur votre couche en désordre.

Le monstrueux hippopotame venait-il s'accoler à vous dans le brouillard? Etaient-ce des dragons aux écailles d'argent, qui, de passion, se tordaient en noeuds compliqués, quand vous passiez près d'eux? Et du tombeau lycien, construit en briques, quelle horrible chimère sortit, avec ses têtes affreuses et ses flammes redoutables, pour faire produire à votre sein de nouvelles merveilles.... {50}

Ou bien aviez-vous d'inavouables hôtes secrets, ou bien traîniez-vous dans votre séjour quelque Néréide enroulée dans de l'écume ambrée, avec des seins bizarres en cristal de roche. Ou bien alliez-vous, foulant du pied l'embrun, rendre visite à la brune Sidonienne et lui demander des nouvelles de Léviathan, de Léviathan ou de Béhémoth? Ou bien quand le soleil était couché, montiez-vous par la pente semée de cactus, à la rencontre de votre Ethiopien noir dont le corps était du jais poli?

Ou bien, pendant que les bateaux de terre cuite s'échouaient dans les marécages du Nil, au crépuscule, et quand les {51}chauves-souris au vol incertain, tournaient autour des triglyphes du temple, alliez-vous d'un pas furtif jusqu'au bord de la berge, pour traverser à la nage le lac silencieux, et de là vous insinuant dans la voûte, faire de la Pyramide votre lupanar, au point que de chacun des noirs sarcophages surgissait le défunt, peint et emmailloté? Ou bien attiriez-vous dans votre couche le Trageophos aux cornes d'ivoire?

Ou bien avez-vous aimé le Dieu des Mouches, qui tourmenta les Hébreux, et qui était barbouillé de vin jusqu'à la ceinture, ou bien Pasht, qui avait pour yeux des béryls verts? Peut-être était-ce ce jeune Dieu, le Tyrien, qui était plus amoureux que la colombe d'Astaroth? Ou avez-vous aimé le Dieu de l'Assyrien, dont les ailes {52}semblables à un étrange et transparent mica dépassaient de beaucoup sa tête à bec de faucon qui était peinte d'argent et de rouge, et cerclée de bandes en orichalque.

Ou bien l'énorme Apis a-t-il bondi de son char, pour jeter à vos pieds les grosses fleurs du nénuphar qui ont l'arôme et la couleur du miel?...

Combien il est subtil votre sourire? Alors est-ce que vous n'auriez aimé personne? Non, je le sais, le grand Ammon fut votre compagnon de lit. Il s'étendit près de vous au bord du Nil.

Les chevaux aquatiques, qui fréquentent les marais, firent retentir leurs trompettes, {53}quand ils le virent venir, tout parfumé du galbanum de Syrie, tout imprégné de nard et de thym. Il suivit le bord du fleuve, pareil à une vaste galère aux voiles d'argent. Il allait, à grands pas à travers les eaux, tout cuirassé de beauté et les eaux se retiraient. Il allait à grands pas par le sable du désert. Il arriva à la vallée où vous étiez couchée. Il attendit l'aurore du jour, et alors il toucha de sa main vos seins noirs.

Vous avez baisé sa bouche avec une bouche de flamme. Vous avez fait du dieu cornu votre proie. Vous vous teniez debout derrière son trône, vous l'appeliez par son nom secret. Vous murmuriez de monstrueux oracles dans les cavernes de ses oreilles, et avec le sang des chèvres et le {54}sang des taureaux vous lui apprîtes à faire de monstrueux miracles. Pendant qu'Ammon était votre compagnon de lit, votre chambre était le Nil couvert de vapeurs, et avec votre sourire archaïque au contour sinueux, vous regardiez monter et s'apaiser sa passion.

Son front luisait des huiles syriennes, et ses membres de marbre étendus, déployés comme une tente à midi, faisaient pâlir la lune et ajoutaient un nouvel éclat au jour. La longue chevelure avait neuf coudées d'envergure; elle avait la couleur de cette gemme jaune que les marchands apportent du Kurdistan cousue dans le rebord de leurs manteaux. La face était comme le moût qui couvre une cuve de vin nouveau. Les mers ne sauraient rien ajou {55}ter à la perfection du saphir de ses yeux. Son cou fort et doux était blanc comme du lait, avec un fin réseau de veines bleues; et d'étranges perles, qu'on eût dit de la rosée congelée, étaient brodées sur la soie flottante....

Sur son piédestal de nacre et de porphyre, il brillait trop vivement pour qu'on pût le contempler, car sur sa poitrine d'ivoire, scintillait la merveilleuse émeraude de l'Océan, ce mystérieux joyau, aux reflets de lune, que quelque plongeur des gouffres de Colchide avait trouvé parmi les vagues de plus en plus noires, et porté à la magicienne de Colchis. Devant son char doré, couraient des corybantes nus avec des guirlandes de pampre, et des files de fiers éléphants s'agenouillaient {56}pour traîner son char, et des files de Nubiens noirs portaient sa litière, alors qu'il parcourait la grande allée pavée de granit, entre les éventails de mobiles plumes de paon.

Les marchands venant de Sidon, dans leurs vaisseaux bariolés, lui apportaient de la stéatite. La plus vile des coupes qui touchaient ses lèvres était faite d'une chrysolithe. Les marchands lui apportaient des caisses de cèdre, pleines de vêtements somptueux et liées de cordes. La traîne de son manteau était portée par des seigneurs de

Memphis; de jeunes rois étaient heureux de son hospitalité. Mille prêtres tondus s'agenouillaient nuit et jour devant l'autel d'Ammon. Mille lampes balançaient leur lumière à travers la demeure sculptée {57}d'Ammon, et maintenant l'impur serpent et la vipère tachetée, avec leurs petits, rampent de pierre en pierre; car la demeure est en ruines et le grand monolithe de marbre rose se penche. L'âne sauvage, ou le chacal vagabond viennent se tapir dans les portes branlantes. De farouches satyres se lancent des appels à travers les tambours cannelés qui gisent sur le sol, et au sommet de l'édifice est perché le singe à la face bleue d'Horus, et il piaille pendant que le figuier fait éclater les piliers du péristyle.

Le dieu gît en fragments çà et là, profondément caché dans le sable que le vent agite. J'ai vu sa tête de granit de géant, encore convulsée d'un impuissant désespoir, et bien des caravanes errantes de nè {58}gres au port imposant, aux châles de soie, en traversant le désert, s'arrêtent terrifiées devant ce cou trop vaste pour l'embrasser.

Et bien des Bédouins barbus écartent leur burnous aux raies jaunes pour jeter un long regard sur les muscles titaniques de celui qui fut jadis ton paladin....

Ainsi donc va chercher des fragments par la lande, et lave-les à la rosée du soir, et refais de ces pièces, une à une, ton amant mutilé.

Va les chercher là où elles sont abandonnées, et de ces morceaux, de ces dé {59}bris, reconstruis ton compagnon en pièces et éveille de folles passions dans la pierre insensible. Charme par des hymnes syriens son oreille lourde. Il aima ton corps. Oh sois bonne! Verse le nard sur sa chevelure et enroule de douces bandes de lin autour de ses membres. Attache autour de sa tête le collier en pièces de monnaie et rends aux lèvres pâles leur couleur avec des fruits rouges. Tisse de la pourpre pour ses hanches amaigries, et de la pourpre pour ses reins décharnés.

Hâte-toi vers l'Egypte. Ne crains rien. Il n'y eut jamais qu'un Dieu qui mourut, jamais qu'un Dieu qui laissa un soldat lui planter sa lance dans le flanc. Ceux-là, tes amants, ils ne sont point morts, et {60} Anubis, à la face de chien, reste à son poste d'honneur, près de la porte de cent coudées, la main pleine des lis du lotus pour ta tête, et toujours, au haut de son trône de porphyre, le géant Memnon dirige ses yeux sans paupières à travers l'espace vide, et à chaque lueur jaune de l'aube, il crie après toi.

Et le Nil, avec les débris de sa corne, gît dans son lit de limon noir, et tant que tu ne viendras pas, il n'épandra point les eaux sur le blé qui se flétrit. Tes amoureux ne sont pas morts, je le sais. Ils se relèveront. Ils entendront ta voix. Ils agiteront à grand bruit tes symboles. Ils se réjouiront. Ils accourront baiser ta bouche. Ainsi, mets donc des voiles à tes flottes, attèle des chevaux à ton char d'é-bène, et {61}en route pour le Nil. Ou, si tu t'es lassée de divinités mortes, suis la trace de quelque lion errant à travers la plaine couleur de cuivre, atteins-le, empoigne-le par la crinière, invite-le à te servir d'amant. Couche-toi près de son flanc sur le gazon, et plante tes dents blanches dans sa gorge. Et quand tu entendras le bruit de son agonie, fouette tes longs flancs d'airain poli, et prends pour compagnon un tigre, dont les flancs couleur d'ambre ont des taches noires, et enfourche sa croupe dorée, et franchis en triomphe la porte de Thèbes, et roule-toi avec lui dans les jeux de l'amour, et quand il se détourne, et qu'il gronde et qu'il montre les dents, alors frappe-le mortellement de tes griffes de jaspe, ou brise-le en le ser-rant contre tes seins d'agate. {62}

Pourquoi tarder? Va-t'en d'ici, je suis las de tes airs de langueur, las de ton regard toujours fixe, de ta somnolente magnificence. Ton haleine horrible, et lourde, fait vaciller la lumière de la lampe, et sur mon front je sens la moiteur, et les terribles rosées de la nuit et de la mort. Tes yeux sont comme des lunes fantastiques qui frissonnent en quelque lac stagnant. Ta langue est comme un serpent écarlate qui danse à des airs fantastiques. Ton pouls bat des mélodies em-poisonnées et ta gueule noire est comme le trou laissé par une torche ou par des charbons ardents sur des tapis sarrasins. {63}

Va-t'en. Les étoiles aux nuances de soufre s'enfuient en hâte par la porte de l'occident. Va-t'en, ou peut-être il sera trop tard pour monter dans leurs silencieux chars d'argent! Vois, l'aurore frissonne autour des clochers gris qui portent un cadran doré, et la pluie ruisselle sur chacune des vitres taillées en diamant, et ses larmes rendent trouble le jour déjà terne. Quelle furie aux cheveux de ser-pents, récemment sortie de l'enfer, avec des gestes de laideur et d'impureté, a pu s'enfuir loin de la reine qu'endorment les pavots, et l'introduire dans la cellule d'un étudiant?

Quel criminel fantôme, aussi dépourvu de chant que de voix, s'est glissé à travers {64}les rideaux de la nuit, en voyant ma bougie brûler avec éclat, a frappé, et vous a invitée à entrer? N'en est-il pas d'autres plus maudits, et d'une lèpre plus blanche que la mienne. Abana et Pharphar sont-ils desséchés, que tu sois venue jusqu'ici pour étancher ta soif.

Sphinge trompeuse! Sphinge trompeuse, près des roseaux du Styx, le vieux Charon, appuyé sur sa rame, attend mon obole. Pars la première, et laisse-moi à mon crucifix, dont le pâle Accablé de douleur, promène sur {65}le monde son regard las, et pleure sur toute âme qui meurt, et pleure sur toute âme vainement.

{66}

CAMMA

{67}

Ainsi qu'un homme, penché sur une urne grecque, étudia les belles formes qu'y a tracées une main attique, Dieu et déesse svelte, homme vigoureux et jeune fille, ainsi que leur beauté lui ôte tout désir de se retourner et de regarder en face la clarté du jour. De même ne dois-je pas aspirer vers plus d'une lune mystérieuse d'indolente volupté, lorsque dans le plus intime secret du sanctuaire d'Artémis, je te vois debout, sous tes formes antiques, et dans ta sévérité.

{68}Et pourtant,—il me semble,—j'aimerais mieux te voir, jouer le rôle de ce serpent du vieux Nil, dont l'enchantement donnait l'ivresse à des Empereurs. Viens, grande Egypte, ébranle notre scène de tes défilés symboliques! Ah! je suis enfin écoeuré de passions sans réalité. Fais du monde ton Actium, et de moi ton Antoine.

{69}

IMPRESSION

LE RÉVEILLON {70}

Le ciel est brodé de rougeur capricieuse; les brouillards tournoient et des ombres fuient. L'aube monte de la mer, comme une blanche dame sort du lit.

Et des flèches dentelées de bronze passent à travers le duvet de la nuit, et une longue vague de lumière jaune s'étale silencieusement sur les tours, les palais.

Et, s'élargissant avec ampleur sur la dune, éveille et fait s'envoler un oiseau battant des ailes. Et toutes les cimes des noyers se mettent en mouvement, et toutes les branches se rayent de bandes d'or.

{72} {73}

À VÉRONE

{74}

—Qu'ils sont raides à gravir, les escaliers des maisons des rois pour les pieds fatigués des exilés comme moi! Et qu'il est salé, amer, le pain qui tombe de la table de ce *chien*! Bien mieux m'eût valu mourir sur les routes ensanglantées de la guerre, ou q {75}ue ma tête fût suspendue sur la porte de Florence, plutôt que vivre ainsi, dans la familiarité de tous les êtres qui cherchent à salir l'essence de mon âme.

Maudis Dieu et meurs! Quel espoir est préférable à celui-ci? Il l'a oublié parmi les {76}plaisirs de sa cité d'or et de son jour éternel. Ah! Silence! derrière les barreaux qui obscurcissent ma prison, je possède ce que nul ne p {77} eut m'enlever, mon amour, et toute la gloire des étoiles.

{78} {79}

APOLOGIE

Est-ce ta volonté que je grandisse et déchoie, que je troque mon drap d'or contre de la bure grise, et qu'à ton gré je tisse cette toile de douleur dont les fils les plus beaux sont autant de jours gaspillés?

Est-ce ta volonté,—Amour que j'aime si bien,—que la maison de mon âme soit un lieu de torture où, pareils à de vils amants, souvent habitent la flamme inextinguible, le ver qui ne meurt pas?

Ah! si c'est ta volonté que je souffre, et que je vende l'ambition au banal marché, {80}que je fasse du morne échec mon vêtement, et que la souffrance creuse sa fosse au-dedans de mon coeur.

Peut-être est ce mieux ainsi. Du moins je n'ai pas fait de mon coeur un coeur de pierre, ni sevré mon enfance de ses honnêtes joies, ni passé où la Beauté est une chose inconnue.

Plus d'un homme a fait ainsi, essayé d'enclore de chaînes étroites l'âme qui aurait dû être libre, foulé aux pieds la route poudreuse du sens commun tandis que toute la forêt chante la liberté.

Ne prenant pas garde comment le faucon moucheté, dans son vol, passait, l'aileron large à travers les hauteurs de l'air, là où quelque montagne altière, qu'aucun pied n'avait encore foulée, accrocha les dernières tresses de la chevelure du Dieu Soleil.

Ou comment la petite fleur qu'il avait {81}cueillie, la pâquerette, cette bouchée d'or aux blancs pétales, suivait de ses yeux pensifs le soleil errant, satisfaite si parfois ses feuilles étaient auréolées.

Mais sûrement c'est quelque chose d'avoir été un instant le bien aimé, d'avoir marché la main dans la main avec l'Amour et vu ses ailes de pourpre s'envoler à travers ton sourire.

Oui, encore que les aspics à gorge de la passion se repaissent du coeur de mon ami, j'ai brisé {82} les barreaux, j'ai contemplé face à face la beauté, connu réellement l'Amour qui met en mouvement le soleil et toutes les étoiles.

{83} {84}

QUIA MULTUM AMAVI

{85}Cher Coeur, il me semble que le prêtre passionné, quand pour la première fois il tire du mystérieux tabernacle son Dieu emprisonné dans l'Eucharistie, et mange le pain, et boit le vin redoutable, n'éprouve pas un plus religieux effroi que je n'en sentis lorsque pour la première fois tombèrent en plein sur toi mes yeux éblouis, et lorsque pendant toute la nuit je restai à genoux à tes pieds, jusqu'à ce que tu fusses lasse d'idolâtrie.

Ah! si tu avais eu pour moi moins d'a {86}mitié et plus d'amour pendant tous ces jours d'un été de joie et de pluie, je n'aurais pas aujourd'hui reçu en héritage la peine, je ne serais pas devenu un valet dans la maison de souffrance.

Pourtant, bien que le Remords, le sénéchal aux traits pâles qui sert l'Amour, soit sur mes talons avec toute son escorte,—je suis très heureux de t'avoir {87} aimée,—je songe à tous les soleils qui font bleuir la véronique.

{88}

SILENTIUM AMORIS

{89}Ainsi que souvent le soleil trop resplendissant chasse la lune pâle, malgré ses efforts, jusqu'en sa sombre grotte, avant même qu'elle ait obtenu une seule ballade du rossignol,—ainsi ta Beauté rend mes lèvres inhabiles et fait sonner faux mes chants les plus doux.

Et ainsi qu'à l'aurore, par-dessus la plaine de prairies, passera le vent d'ailes impétueuses, qui de son trop rude baiser brise le roseau qui seul pouvait servir d'instrument au chant. Ainsi mes pas {90}sions trop orageuses me travaillent sans règle, et l'excès d'amour rend mon amour muet.

Mais sûrement mes yeux t'ont montré, à toi, la raison de mon silence, et du désaccord de mon luth, avant que notre séparation devînt fatale, et nous fit partir, toi vers des lèvres vibrant d'une plus douce mélodie, et moi pour évoquer le stérile souvenir de baisers non donnés, de chants jamais chantés.

{91}

{92}

SA VOIX

L'abeille sauvage tournoie incertaine de branche en branche, sous son {93}vêtement de fourrure et son aile de gaze, dans la coupe d'un lis, ou met en branle la cloche d'une jacinthe, dans sa course errante. Asseois-toi plus près, amie. Ce fut ici, je crois, que je fis ce voeu,

Et jurai que deux existences n'en feraient qu'une, aussi longtemps que la mouette aimerait la mer, aussi longtemps que l'héliante chercherait le soleil. «Vous et moi, dis-je, ce sera pour l'éternité.» Chère {94}amie, ces jours sont finis, passés: le fil de l'amour est filé.

Lève les yeux vers ces peupliers qui se balancent, se balancent dans l'air de l'été. Ici dans la vallée, jamais une brise n'éparpille le duvet du chardon, mais là-bas soufflent de grands vents, venus des puissantes mers aux mystérieux murmures et des vastes espaces, que cinglent les vagues.

Regardez là-haut où la blanche mouette jette son cri aigu. Que voit-elle que nous ne voyons pas? Est-ce une étoile ou la lampe qui scintille sur quelque navire en route pour l'étranger? Ah! Se peut-il que nous ayons vécu nos vies sur une terre de rêve, que cela serait triste!

Chérie, ici il ne nous reste rien à dire que ceci: que l'amour n'est jamais perdu. L'âpre hiver poignarde le sein de mai dont les roses cramoisies crèvent ses glaçons. Des navires ballotés par la tempête trou {95}veront un havre dans quelque baie et ainsi nous aussi nous ferons.

Et ici il n'y a rien à faire que de nous baiser de nouveau et nous séparer. Ah! Il n'est rien que nous ne puissions affronter. J'ai ma Beauté, vous avez votre {96} Art. Ah! Ne vous arrêtez pas. Un monde n'est pas assez pour deux êtres comme vous et moi.

{97} {98}

MA VOIX

En ce monde moderne, qui ne connaît pas le repos, en ce monde tumultueux, vous et moi nous avons pris tous les plaisirs du coeur et {99}maintenant les voiles blanches de notre nef sont ployées et la charge de notre barque épuisée.

Mes joues ont donc blêmi avant leur temps, car ma gaîté s'est enfuie dans les larmes. Le Chagrin a pâli le vermillon de ma jeune bouche et la Ruine a tiré les rideaux de mon lit.

Mais toute cette vie tumultueuse n'a été {100}pour toi qu'une lyre, un luth, le charme subtil de la viole ou la musique de la mer endormie, en écho minuscule dans le coquillage.

{101}

DES JOURS DE PRINTEMPS AUX JOURS D'HIVER

{102}

POUR METTRE EN MUSIQUE

Aux jours joyeux du printemps, quand les feuilles étaient vertes, oh! {103}comme il chante gaîment, le merle! Je cherchai parmi les fouillis de clarté l'amour que mes yeux n'avaient jamais vu. Oh! la joyeuse tourterelle a des ailes dorées.

Parmi les fleurs et rouges et blanches, oh! comme chante gaîment le merle! Mon Amour parut le premier à mes yeux. Oh! parfaite vision de plaisir! Oh! la joyeuse tourterelle a des ailes dorées.

Le jaune des pommes avait l'ardeur du {104}feu. Oh! comme il chante gaîment, le merle! O amour trop grand pour la parole ou la lyre, rose épanouie d'amour et de désir! Oh! la joyeuse tourterelle a des ailes dorées!

Mais maintenant l'arbre devient gris sous la neige! Ah! qu'il chante tristement le merle! Mon amour est mort! Ah! voyez-moi étendu devant ses pieds silencieux, tourterelle aux ailes brisées. Oh! amour! Oh! amour, plût au ciel que tu aies été mis à mort! Tourterelle caressante, tourterelle caressante, reviens.

{105}

ΑΙΛΙΝΟΝ, ΑΙΛΙΝΟΝ ΕΙΠΕ, ΤΟ Δ' ΕU ΝΙΚΑΤΩ

Chante l'ailinos, l'ailinos, et que le Bon l'emporte.

{106} Oh! tant mieux pour qui vit dans l'aisance, avec de l'or accumulé, dans un vaste domaine, et n'a cure de la pluie qui éclabousse, et du fracas que font en tombant les arbres de la forêt.

Oh! tant mieux pour qui ne connut jamais le labeur des années de privations, un père dont la douleur et les larmes ont fait grisonner les cheveux, une mère pleurant dans la solitude.

Mais tant mieux pour celui dont le pied a foulé la pénible route du travail et de la {108}lutte, et qui néanmoins des chagrins de sa vie se fait des degrés pour se rapprocher de Dieu.

{109}

LE VÉRITABLE SAVOIR

{110}

ἀναγκαίως δ'ἔχει
βίον θερίξειν ὥστε κάρπιμον στάχυν
καὶ τὸν μὲν εἶναι τὸν δὲ μή.

{111}

Tu sais tout: je cherche en vain quelle terre il faut labourer, quelle autre ensemencer avec du grain. Le sol est noir de ronces et de mauvaises herbes et n'a cure des larmes qui tombent ou de la pluie.

Tu sais tout: moi je reste assis, à attendre, les yeux bandés, les mains défaillantes, jusqu'à ce qu'enfin se lève le dernier voile, et que s'ouvre pour la première fois la porte.

{112}

Tu sais tout: moi, je ne puis voir. J'espère que ma vie n'aura pas été chose vaine. Je sais que nous nous retrouverons en quelque divine éternité.

{113}

PÉTALES DE LOTUS

{114}

νεμισσῶμαί γε μὲν ουδεν
κλαίειν ὅ; κε θάνησι βροτῶν καὶ πότμον ἐπίσπῃ
τοῦτό νυ καὶ γέρας οἶον ὀιζυροῖσι βροτοῖσι
κείρασθαί τε κόμην βαλέειν τ᾽ἀπὸ δάκρυ παρειῶν.

Il n'est point de paix sous le soleil de midi. — Ah! Y a-t il de la paix dans ces prairies, ou ceinte d'une toison argentée, comme une belle bergère, s'égare la lune?

Reine des jardins du ciel, où les étoiles, pareilles à des lis, blanches et belles, brillent à travers les brouillards de l'air glacé. Oh! reste encore, car l'aube approche.

Oh! reste encore, car le jour envieux tend de longues mains pour saisir tes pieds! {116} Mais hélas! tu as le pas trop rapide. Hélas! je sais que tu ne t'arrêteras pas.

Le soleil monta d'un bond pour accomplir sa course, la brise souffla doucement sur paturages et prairies; mais il me sembla voir à l'ouest l'apparence d'une face humaine.

Une linotte, sur la mousse de l'épine-vinette, chantait les gloires du printemps, et faisait retentir les bosquets en fleurs de la gaîté du jour nouveau-né.

Une alouette partit effarée de la terre que je foulais, et disparut aux regards dans le grand voile bleu, sans couture, qui est suspendu devant la face de Dieu.

Au-dessus de ma tête, le saule disait tout bas que la mort n'est qu'une vie plus nouvelle, et que par de vaines paroles de discorde nous apportons le déshonneur aux morts. {117}

J'arrachai une branche à l'arbre, et des fleurs de l'épine-vinette toutes trempées de rosée, et je les liai avec un rameau d'osier et en fis une guirlande belle à voir.

Je portai les fleurs là où Il repose (feuilles et fleurs toutes chaudes sur la pierre). Quelle joie ce fut pour moi, de m'asseoir seul jusqu'à ce que le soir vint sur mes yeux fatigués.

Jusqu'à ce que les nuages mobiles eussent tissé une robe d'or que Dieu portera, et que dans les flots de l'air empourpré, disparût la brillante galère du soleil.

Aurai-je de la joie pour la journée, et laisserai-je mon coeur s'émouvoir, jusqu'en ses profondeurs, du murmure de l'arbre ou du chant de l'oiseau, ou de la mélancolie des jeux du vent indocile?

Non, non! les vains rêves de cette sorte sont le lot d'âmes moins profondes que la {118}mienne. Je sens que je suis à moitié divin, je sais que je suis grand et fort.

Je sais que c'est par l'effort que tout arbre de la forêt surgit de la racine, je sais que nul ne récoltera du fruit, en faisant voile sur la mer inféconde.

{119}

JOURS PERDUS

d'après un portrait peint par Miss V. T. {120}

{121}Un blond et svelte enfant, qui n'est point fait pour la douleur de ce monde, avec une chevelure dorée qui tombe à grands flots autour des oreilles, et des yeux pleins d'aspirations, à demi voilés par de vaines larmes, comme les eaux les plus bleues, vues à travers les brouillards de la pluie, des joues pâles où jamais encore baiser n'a laissé sa tache, lèvre inférieure rouge rentrée en dedans par effroi de l'Amour, et blanche gorge, plus blanche qu'une poitrine de colombe. — Hélas! Hélas! si tout cela n'existait qu'en vain!

{122}En arrière, des champs de blé, et des moissonneurs en ligne, accomplissant d'un air las leur tâche fatigante, sans qu'aucun son de rire ou de luth y mette de la douceur.

Et indifférent au flamboiement écarlate du soleil couchant, l'enfant rêve encore. Il ne sait pas que la nuit approche, et que nul ne récolte des fruits pendant le temps de la nuit.

{123}

IMPRESSIONS

{124}

I

{125}

LE JARDIN

{126} Le calice flétri du lis tombe autour de son pistil d'or en poudre, et sur les bouleaux du bosquet de la lande le dernier ramier roucoule et appelle.

L'hélianthe léonin, aux couleurs voyantes, se laisse tomber noir et dépouillé sur sa tige, et sur le sol des allées du jardin, où le vent se joue, s'éparpillent les feuilles mortes, d'heure en heure.

Les pétales, blancs comme le lait, des pâles troènes, s'amassent à ce souffle en une boule neigeuse: les rosés gisent sur l'herbe comme de menus lambeaux de soie cramoisie. {128}

{129}

II

LA MER

{130}

{131}Un brouillard blanc se traîne à travers les voiles; une lune farouche, en ce ciel d'hiver, reluit pareille à l'oeil d'un lion irrité, du milieu d'une crinière de nuages roux.

Le timonier au vêtement épais qui se tient à la roue, n'est plus qu'une ombre dans l'obscurité, et dans la chambre aux machines toute vibrante, bondissent les longues liges d'acier poli.

L'ouragan vaincu a laissé sa trace sur ce vaste dôme qui se soulève, car les minces filaments d'écume jaune flottent sur les vagues comme de la dentelle déchirée.

{132} {133}

SOUS LE BALCON

{134} O belle étoile à la bouche de carmin, ô lune aux sourcils d'or, lève-toi, lève-toi du Sud embaumé et éclaire la route que suivra mon Aimée, de peur que ses petits pieds ne s'égarent sur la colline où le vent souffle, ou sur la dune. O belle étoile à la bouche de carmin, ô lune aux sourcils d'or.

O navire qui trembles sur la mer désolée, ô navire à la voile humide et blanche, pars, oh, pars pour le port, vers moi. Car celle que j'aime et moi nous voudrions {136}aller au pays où s'épanouissent les asphodèles, dans le coeur d'une vallée violette. O navire qui trembles sur la mer désolée, ô navire à l'humide et blanche voile.

Oiseau charmeur au chant faible et doux, oiseau qui chantes sur la branche, chante, chante encore de ta gorge douce et brune, et celle que j'aime, en son petit lit, prêtera l'oreille et lèvera la tête sur l'oreiller, et viendra de mon côté. Oiseau charmeur, au chant faible et doux, oiseau qui te perches sur la branche!

O fleur qui te balances dans l'air tremblant, fleur aux lèvres de neige, descends, pour être portée par celle que j'aime. Si tu meurs, ce sera dans une couronne sur sa tête, si tu meurs, ce sera dans un pli de sa robe. Tu iras te poser sur son petit coeur léger, ô fleur qui te balances dans l'air tremblant, ô fleur aux lèvres de neige.

{137}

LE JARDIN DES TUILERIES

{138}

Cet air d'hiver est vif et froid, et vif, et froid est ce soleil d'hiver, mais autour de ma chaise, les enfants courent: on dirait de menues choses en or qui dansent.

Parfois aux abords du kiosque bariolé, des soldats en miniature se promènent fièrement, allongent le pas. Parfois ce sont des brigands aux yeux bleus qui se cachent dans les fourrés dépouillés des massifs.

Et d'autres fois, pendant que la vieille bonne s'absorbe dans son volume, ils se {140}risquent à traverser le square, et lancent leurs flottilles de papier parmi les gros tritons de bronze verdi qui se contorsionnent.

Puis ils font semblant de fuir en un vol rapide, et puis ils se lancent, bande turbulente, et s'aidant de leurs petites mains tour à tour, ils grimpent à l'arbre noir, effeuillé.

Ah! cruel arbre, si j'étais vous, et si des enfants grimpaient sur moi, rien que pour eux, je ferais jaillir de tout mon corps, en dépit de l'hiver, des fleurs printanières, des blanches, des bleues.

{141}

À L'OCCASION DE LA VENTE AUX ENCHÈRES DES LETTRES D'AMOUR DE KEATS

{142}

Voici les lettres qu'Endymion écrivit à celle qu'il aimait en secret, sans en rien dire; et maintenant les braillards de la vente aux enchères font leurs marchés, leurs offres pour chacun de ces pauvres billets desséchés. Oui, pour chacune des pulsations de la passion, on entend les marchands faire leur prix. Je crois qu'ils n'aiment guère l'art, ceux {143} qui brisent le cristal d'un coeur de poète, pour que de petits yeux chassieux puissent y jeter leurs regards avides et curieux.

{144}Ne dit-on pas que dans des années bien lointaines, dans une ville au fond de l'Orient, quelques soldats coururent, la torche en main, vers minuit, se chamailler au sujet de pauvres vêtements, et jouèrent aux dés les haillons d'un malheureux, sans rien savoir du miracle divin, et des souffrances d'un Dieu?

{145} {146}

LE NOUVEAU REMORDS

{147}Le péché est mien; je ne compris pas. Ainsi donc la musique est prisonnière dans son cachot. C'est à peine si de temps en temps le flot passager d'une vague tourmente, de ses mouvements incessants, ce rivage infécond. Et dans le fond flétri de ce pays, l'Eté s'est creusé une tombe si profonde, qu'à peine le saule plombé ose implorer de l'hiver au souffle tranchant une fleur d'argent. Mais quel est-il celui qui vient sur cette rive? (Non, mon amour, lève les yeux et admire). Quel est-il celui {148}qui vient du Sud en vêtements teints? C'est le Maître que tu viens de trouver, c'est lui qui cueillera les roses qui n'ont pas été encore ravies à ta bouche, et moi je resterai, comme auparavant, à pleurer, à adorer.

{149}

FANTAISIES DÉCORATIVES
{150}

I
{151}

LE PANNEAU
{152}

Sous l'ombre dansante du rosier se voit une fillette d'ivoire, arrachant les pétales soit d'incarnat soit de nacre avec des ongles vert pâle de jade poli.

{153}

Les pétales rouges tombent sur les mottes, les pétales blancs voltigent un à un, pour tomber dans une tasse bleue où le soleil, tel un grand dragon, se tord en replis d'or.

Les pétales blancs flottent dans l'air, les pétales rouges tombent lentement; il en est qui tombent sur sa robe jaune, et d'au {154}tres qui tombent sur sa chevelure d'un noir de corbeau.

Elle prend un luth d'ambre et chante, et pendant qu'elle chante, une grue d'argent commence à allonger son cou écarlate, et à battre de ses ailes aux reflets de métal.

Elle prend un luth d'ambre brillant, et du dense bosquet, où il se cachait, son amoureux aux yeux en amande, la suit d'un regard charmé dans ses mouvements.

Et maintenant elle jette un cri de frayeur, et déjà se font jour de mignonnes larmes. Une épine a blessé de sa pointe la conque marine aux veines incarnat de son oreille.

Puis elle lance un joyeux rire: c'est qu'un pétale de rose est tombé juste à l'endroit où le satin jaune laisse voir la fleur de sa gorge aux veines bleues. {155}

De ses ongles vert pâle en jade poli, elle arrache un à un les pétales d'incarnat et de nacre. Voici là debout une fillette d'ivoire, sous l'ombre dansante du rosier. {156}

II

LES BALLONS
{158}

{159}Sur ce fond trouble de ciel en turquoise, les légers et lumineux ballons plongent, vont au hasard comme des lunes de satin, vont au hasard comme des papillons de soie, et tournent à chaque souffle de vent, montent et tournent comme des danseuses, flottent comme d'étranges perles transparentes, tombent et flottent comme une poussière d'argent.

Et voici qu'ils s'attachent aux feuilles d'en bas, chacun prend discrètement une pose fantastique; chacun d'eux est un pétale de rose au bout d'un fil de la Vierge.

{160}Puis ils grimpent aux grands arbres, pareils à de petits globes d'améthyste, opales errantes qui vont au rendez-vous avec les rubis du tilleul.

{161}

CANZONETTE
{162}

Je n'ai point à profusion, de l'or que gardent les griffons; aujourd'hui comme jadis, pauvre est le parc du berger. Des rubis, des perles, je {163} n'en ai point pour parer ta gorge. Malgré tout, les jeunes filles de la campagne ont aimé le chant du berger.

Ainsi donc cueille un roseau, et commande-moi de te chanter, car je voudrais nourrir de mélodie tes oreilles, qui sont plus belles que la plus belle fleur de lis, plus douces et plus précieuses que le parfum de l'ambre gris.

{164}Que crains-tu? Le jeune Hyacinthe a péri? Pan n'est plus ici, et il ne reviendra jamais, pas plus que le Faune cornu ne foulera les prés jaunis, pas plus qu'aucun Dieu ne se glissera furtivement à travers les oliviers.

Hylas est mort. Lui non plus ne devinera pas ces petites lèvres rouges, pareilles à des pétales de rose. Sur la haute colline ne jouent plus les Dryades d'ivoire. Argenté, silencieux, s'efface tristement le jour d'automne.

{165}

SYMPHONIE EN JAUNE

{166} Un omnibus, tout le long du pont, rampe comme un papillon jaune, et çà et là un passant a l'apparence d'une petite mouche inquiète.

De grosses péniches chargées de foin jaune se rangent le long du bas-port dans l'ombre, et comme une écharpe de soie jaune, l'épais brouillard s'accroche le long du quai.

Les feuilles jaunes se flétrissent déjà, et quittent en voletant les ormes du Temple, et à mes pieds la Tamise d'un vert pâle, s'allonge comme une tige de jade ondulé. {168}

{169}

DANS LA FORÊT

{170} Hors du demi-jour du centre des bois, dans l'aurore de la prairie s'élance mon Faune au corps d'ivoire, aux yeux bruns.

{171}

Il va par bonds à travers les bosquets, en chantant, et son ombre les suit en dansant, et je ne sais, laquelle je suivrai, sera-ce l'ombre ou la chanson?

O chasseur, prends-moi {172} son ombre au piège. O Rossignol, dérobe pour moi ta chanson, de peur que, rendu fou de musique et d'égarement, je ne suive en vain sa piste.

{173}

À MA FEMME

AVEC UN EXEMPLAIRE DE MES POÉSIES

{174} Je ne saurais écrire un imposant prologue, comme prélude à mon lai, ce serait, j'ose le dire, les propos d'un poète à un poème.

Car si parmi ces pétales tombés, il en est un qui vous semble beau, l'amour l'emportera jusqu'à ce qu'il se pose sur votre chevelure.

{175}

Et lorsque le vent et l'hiver endurciront tout le pays dépouillé de son charme, il parlera tout bas du jardin, et vous comprendrez.

{176}

AVEC UN EXEMPLAIRE

DE

"LA MAISON DES GRENADES"

{177}

Va, petit livre, à celui qui sur un luth aux branches de nacre, chanta {178} les pieds blancs de la jeune fille aux cheveux d'or, et invite-le à {179} regarder dans tes pages; peut-être verra t-il, en toi, danser de jeunes filles aux cheveux d'or.

{180} {181}

À L. L.

{182} Pourrions-nous déterrer ce trésor depuis longtemps enfoui, pourrait-il récompenser ce caprice, ce désir, nous ne pourrions jamais apprendre le chant de l'amour, nous sommes séparés depuis trop longtemps.

Quand le passé plein de passion, qui s'est enfui, pourrait rappeler ses morts, pourrions-nous le revivre tout entier, s'il valait cette souffrance.

Je m'en souviens, nous avions coutume de nous retrouver près d'un banc couvert de lierre, et vous de gazouiller tous les jolis mots, de l'air d'un oiseau.

{184}Et votre voix avait comme un tremblement, tout comme celle de la linotte, et se brisait comme dans la gorge du merle sa dernière et bruyante note.

Et vos yeux, ils étaient verts et gris comme un jour d'avril, mais ils s'allumaient comme l'améthyste, quand je me baissais et vous embrassais.

Et votre bouche, elle refusait, longtemps, bien longtemps, de sourire, puis elle partait toute vibrante de rire, cinq minutes après.

Vous aviez toujours peur d'une averse, ainsi qu'une fleur; je m'en souviens, vous vous leviez en sursaut, et couriez, à la première goutte de pluie.

Je m'en souviens, je ne pouvais jamais vous attraper, car personne ne vous égalait: vous aviez à vos pieds de merveilleuses, lumineuses, rapides petites ailes.

Je me rappelle votre chevelure. — L'ai- {185}je rattachée? Car sans cesse elle se révoltait — on eut dit un écheveau brouillé de rayons dorés de soleil. — Ces choses-là sont vieilles.

Je me rappelle si bien la chambre, et le lilas en fleur qui battait contre la vitre ruisselante, par une chaude pluie de juin.

Et la couleur de votre robe, elle était d'un brun ambré, et deux bandes de satin jaune partaient de vos épaules.

Et le mouchoir de dentelle française, que vous pressiez contre votre figure? Etait-ce une petite larme, ou était-ce la pluie, qui y avait fait une tachelette?

Sur votre main, quand elle me fit l'adieu, il y avait des veines bleues. Dans votre voix, lorsqu'elle me dit bonjour, il y avait un cri étourdi.

Vous avez tout simplement gaspillé votre vie (ah! cela trancha comme un cou {186}teau!) Lorsque je m'élançai par la porte du jardin, c'était trop tard, trop tard!

Nous pourrions revivre encore une fois cela, si c'était la peine de le souffrir; si le passé de passion, qui s'est enfui, pouvait rappeler ses morts.

Eh bien, s'il faut que mon coeur se brise, cher amour, à cause de vous, il se brisera en musique, je le sais. C'est ainsi que se brisent les coeurs des poètes.

Mais, chose étrange, on ne m'avait point appris que le cerveau peut contenir dans une toute petite cellule d'ivoire et le ciel de Dieu et l'enfer.

{187}

SEN ARTISTY

ou

LE RÊVE DE L'ARTISTE

Traduit du polonais de Madame Helena Modjeska {188} Moi aussi j'ai eu mes rêves, oui, vraiment j'ai connu les visions qu'amène en foule une ardente jeunesse, et qui me hantent encore....

Il me sembla une fois que j'étais étendu dans un jardin bien clos, au temps où le Printemps s'échappe de l'Hiver comme un oiseau, ou le ciel a une voûte de saphir. L'air pur était doux, et le gazon épais qui me servait de couche était doux comme l'air. L'étrange et secrète vie des jeunes arbres enflait la verte et tendre écorce, ou {190}éclatait en bourgeons pareils à des émeraudes serties. Des violettes jetaient des regards furtifs du fond de leurs cachettes; quelque peu effarouchées de leur propre beauté. La rose vermeille ouvrait son coeur, et la brillante stellaire scintillait comme une étoile du matin. Des papillons en costumes de brun et d'or prenaient les craintives campanules comme pavillons et comme séjours d'agrément. Là haut un oiseau faisait tomber en neige toutes les fleurs dans son vol et allait charmer les bois de son chant. L'univers entier semblait s'éveiller au plaisir. Et pourtant,... et pourtant ... mon âme était emplie d'une lourdeur de plomb. Je ne trouvais point de joie dans la Nature. Pour moi, l'esclave de l'ambition, qu'était ce que la rose aux taches cramoisies, ou le crocus aux sceptres d'or? Le bel oiseau chantait faux pour moi, et les charmantes fleurs me faisaient l'effet {191}d'un défilé de gens travestis, car, ainsi que le serpent de la fable se pique de son aiguillon pour se faire souffrir, aussi je gisais, me torturant moi-même. Le jour s'avançait inaperçu sur le cadran solaire, jusqu'à ce qu'enfin le soleil se plongea, drapé de pourpre dans les splendeurs de l'est. Alors du coeur ardent de ce grand orbe, sortit une créature en qui la beauté des formes effaçait par son éclat la plus brillante vision de cette terre triviale. Elle était ceinte d'une robe plus blanche que la flamme ou que l'airain chauffé dans la fournaise. Sur sa tête elle portait une couronne de laurier, et pareille à une étoile qui tombe tout à coup des hauteurs du ciel, elle passa près de moi.

Alors m'agenouillant bien bas, je m'écriai:

«O toi que je désire tant! ô toi que j'ai longtemps attendue, gloire immortelle! {192} grande conquérante du monde, oh! fais que je ne meure pas sans couronne, une fois du moins que ton laurier impérial ceigne mon front, sans cela méprisable. Une fois fais sonner le clairon, et que la trompette de l'ambition bruyante répande mon nom. Quant au reste, je n'en ai point souci.»

Alors, d'une voix douce, l'ange me répondit: «Enfant, qui ignores le véritable bonheur, qui ne sais en quoi consiste la plus haute sagesse de la vie, tu as été créé pour la lumière, et l'amour, et le rire, et non point pour gaspiller ton jeune âge à lancer des flèches contre le soleil, ou à nourrir en ton âme cette ambition dont le poison mortel infectera ton coeur, et salira toute joie, tout contentement. Reste ici, dans la douce prison de ce jardin bien clos, dont les prairies au sol égal et les bosquets charmants invitent au plaisir. {193} L'oiseau sauvage qui, d'un chant soudain, éveille ces vallons silencieux, sera ton compagnon de jeux. Chaque fleur qui s'épanouit viendra d'elle-même s'entrelacer dans tes cheveux, guirlande mieux faite pour toi que le poids redoutable de la couronne de laurier que donne la Gloire.

—Ah! stériles présents, m'écriai-je, indocile à son langage de prudence. N'est-il que ces fleurs périssables, dont les courtes existences sont limitées entre l'aurore et l'heure du couchant. La colère de midi peut blesser la rose, et la pluie dépouiller le crocus de son or. Mais ton immortelle couronne de Renommée, ta couronne de laurier qui ne connaît point la mort, elle est la seule que le temps ne saurait flétrir. La dent glacée de l'hiver ne saurait l'entamer et lui nuire. Les choses triviales ne la profaneront pas.»

L'ange ne répondit point, mais sa fi {194}gure s'obscurcit d'un brouillard de pitié.

Alors il me sembla que de mes yeux, où la torche de l'ambition lançait ses dernières et ses plus violentes flammes, jaillissaient deux rayons horizontaux de lumière bien droite, et qu'entre leur feu brillant la couronne de laurier se tordait, se contournait, ainsi que quand l'étoile de Sirius dessèche le blé mûrissant, et une feuille pâle tomba sur mon front; et je me levai d'un bond, et je sentis le pouls puissant de la Renommée, et j'entendis au loin le bruit de nations nombreuses qui me louaient!

Moment unique de grande vie aux ardentes couleurs, et puis... qu'elle est vaine, la louange des nations! qu'elle est futile, la trompette de la gloire. Il y avait d'âpres {195}épines dans cette feuille de laurier, et leurs crochets dentelés entraient comme une brûlure, comme une morsure, jusqu'à ce que du feu et de la rouge flamme semblèrent se repaître de mon cerveau, et changèrent le jardin en un désert nu.

Les mains tendues avec force, je luttai pour l'arracher de mon front saignant, mais ce fut en vain, et avec un cri de douleur, auquel les étoiles pâlirent avant l'instant qui leur était assigné, je m'éveillai enfin, et vis l'aube craintive, avancer sa face grise pour regarder dans les ténèbres de ma chambre, et j'aurais cru que ce n'était là qu'un vain rêve, sans cette douleur qui sans trêve me ronge le coeur, et sans les blessures rouges que les épines ont faites à mon front.

{196} {197}

FRAGMENTS EN PROSE

{198}

LETTRES AU **DAILY CHRONICLE** SUR LA VIE DE PRISON

{199}

Le cas du gardien Martin. Quelques cruautés de la vie de prison. (28 mai 1897)

{200}

À l'Éditeur du "Daily Chronicle".

{201}

Monsieur,

42

J'apprends avec un grand regret, par la lecture de votre journal, que le gardien Martin, de la prison de Reading, a été renvoyé par les commissaires de la Prison pour avoir donné quelques biscuits sucrés à un petit enfant affamé.

J'ai vu les trois enfants, le lundi qui a précédé ma mise en liberté,

Ils venaient d'être condamnés. {202}

Ils étaient rangés, en ligne, debout dans le hall central, vêtus du costume de la prison, leurs draps sous le bras, prêts à se rendre dans les cellules qui leur avaient été assignées.

Je passais par hasard par une des galeries qui se trouvaient sur mon chemin pour aller au parloir, où je devais avoir la visite d'un ami.

C'étaient de tout petits enfants.

Le plus jeune,—celui auquel le gardien a donné les biscuits,— était un tout petit garçon, pour lequel il avait été évidemment impossible de trouver des vêtements à sa taille.

Certes, j'ai vu beaucoup d'enfants en prison pendant les deux ans qu'a duré ma détention.

La prison de Wandsworth, en particulier, en contenait toujours un grand nombre.

{203}Mais le petit garçon, que je vis dans l'après-midi du lundi 17 à Reading, était plus petit encore qu'aucun d'eux.

Il est inutile de dire combien je fus douloureusement affecté de voir ces enfants à Reading, car je savais quel traitement les y attendait.

La cruauté avec laquelle on traite les enfants dans les prisons anglaises est incroyable, excepté pour ceux qui en ont été les témoins et qui connaissent la brutalité du système.

De nos jours, on ne comprend pas ce que c'est que la cruauté.

On la regarde comme une sorte de terrible maladie médiévale, et on l'attribue à une espèce d'hommes pareils à Eccelin de Romano, et autres, auxquels infliger volontairement des souffrances donnait une véritable folie de plaisir.

Mais les hommes du type d'Eccelin ne {204}sont que des représentants anormaux d'un individualisme perverti.

La cruauté ordinaire n'est autre chose que de la stupidité.

C'est le défaut absolu d'imagination.

C'est, de nos jours, le résultat de systèmes stéréotypés, de règles conformes au «*vite et fort*» et de la stupidité.

Partout où il y a centralisation, il y a stupidité.

Ce qui est inhumain dans la vie moderne, c'est l'officialisme.

L'autorité est aussi destructive pour ceux qui l'exercent que pour ceux sur qui elle est exercée.

C'est le Bureau des Prisons, c'est le système qu'il met en pratique, qui sont la source première de la cruauté qu'on exerce sur un enfant en prison.

Les gens, qui soutiennent ce système, ont d'excellentes intentions.

{205}Ceux qui le mettent en pratique sont également humains dans leurs intentions.

La responsabilité est rejetée sur des règlements disciplinaires.

On suppose qu'une chose est juste parce qu'elle est la règle.

Le traitement actuel des enfants est terrible tout d'abord de la part de gens qui n'entendent rien à la psychologie particulière d'une nature d'enfant.

Un enfant est capable de comprendre un châtiment infligé par un individu, tel qu'un parent, un tuteur, et de le supporter avec un certain degré de résignation.

Ce qu'il est incapable de comprendre, c'est un châtiment infligé par la Société.

Il ne saurait se faire une idée de la Société.

Pour les grandes personnes, c'est naturellement le contraire qui est vrai.

Ceux d'entre nous qui sont en prison, {206}peuvent comprendre et comprennent en effet ce que signifie la force collective qu'on appelle société, et quelle que soit notre façon d'en concevoir les méthodes et les prétentions, nous pouvons nous imposer de les accepter.

Le châtiment, qui nous est infligé par un individu, est au contraire, une chose que ne supporte aucune grande personne, et à laquelle on ne s'attend point à la voir se résigner.

En conséquence, l'enfant étant enlevé à ses parents par des gens qu'il n'a jamais vus, qu'il ne connaît en aucune façon, et se trouvant dans une cellule solitaire, qui ne lui est point familière, entouré de figures nouvelles, recevant les ordres et les punitions des représentants d'un système qu'il est incapable de comprendre, devient la proie immédiate de la première et de la plus forte émotion que produise la vie mo {207}derne de la prison,—l'émotion de la terreur.

La terreur d'un enfant en prison est absolument sans bornes.

Je me rappelle qu'une fois à Reading, au moment de ma sortie pour l'exercice, je vis dans la cellule faiblement éclairée, en face de la mienne, un petit garçon.

Deux gardiens,—qui ne manquaient pas de bonté, lui parlaient, avec quelque apparence de sévérité, ou peut-être lui donnaient quelques utiles conseils pour sa conduite.

L'un d'eux était dans la cellule avec lui, l'autre se tenait en dehors.

La figure de l'enfant était comme un masque blanc de terreur, d'affolement.

Il y avait dans son regard l'épouvante d'un animal traqué.

Le lendemain, à l'heure du déjeuner, je {208}l'entendis crier, demander qu'on le laissât sortir.

Il appelait ses parents dans ses cris.

De temps à autre j'entendais la voix grave du gardien de service, qui lui disait de rester tranquille.

Et pourtant il n'était pas même condamné pour aucune petite faute dont il eût été accusé.

Il était simplement en prévention.

Cela, je le savais parce qu'il portait ses habits à lui, qui paraissaient assez propres. Mais il avait les chaussettes et les souliers de la prison.

Cela indiquait que c'était un enfant très pauvre, dont les souliers, si même il en avait, étaient en mauvais état.

Les juges de paix et les juges de simple police, classe en générale d'une ignorance absolue, envoient souvent un enfant en prévention pour huit jours, au {209}bout desquels ils peuvent ne point prononcer la sentence qu'ils ont le droit de rendre.

Ils appellent cela «ne point envoyer un enfant en prison».

Certes, c'est de leur part une façon de voir stupide.

Pour un enfant, être en prison préventivement ou après un jugement, c'est une subtilité du système social qu'il ne saurait comprendre.

Ce qu'il y a d'horrible pour lui, c'est d'y être.

Aux yeux de l'humanité, le fait qu'il est là, est une chose horrible.

Cette terreur, qui s'empare de l'enfant et l'accable, qui saisit même l'homme fait, est naturellement portée au delà de toute expression par le système de la cellule solitaire de nos prisons.

Chaque enfant reste enfermé dans sa {210}cellule pendant vingt-trois heures sur vingt-quatre.

Voilà ce qui est effrayant.

Enfermer pendant vingt-trois heures sur vingt-quatre un enfant dans une cellule mal éclairée, c'est un exemple de la cruauté qu'il y a dans la stupidité.

Si un particulier, père ou tuteur, traitait ainsi un enfant, il serait sévèrement puni.

La Société pour répression de la cruauté envers l'enfance devrait s'occuper de cela sans délai.

Il y aurait partout un mouvement de haine contre quiconque se serait rendu coupable d'une telle cruauté.

Certes, une peine sévère doit être appliquée après la faute établie, mais notre société actuelle fait elle-même pis, et pour l'enfant, être traité ainsi par une force abstraite dont les droits sont pour lui {211}chose inintelligible, c'est bien pire que s'il était traité de la même façon par un père, une mère, ou une personne qu'il connaîtrait.

Un traitement inhumain infligé à un enfant, est toujours chose inhumaine, quel qu'en soit l'auteur.

Mais un traitement inhumain par la société est pour l'enfant d'autant plus terrible qu'il n'y a pas d'appel.

Un parent ou un tuteur peuvent être touchés, et faire sortir un enfant de la chambre sombre et solitaire où il a été enfermé.

Un gardien ne le peut pas.

La plupart des gardiens ont une grande affection pour les enfants. Mais le système leur interdit d'en témoigner quoique ce soit à un enfant.

S'ils le font, ainsi que l'a fait le gardien Martin, ils sont révoqués.

{212}La seconde cause de souffrance pour l'enfant en prison, c'est la faim.

La nourriture, qu'on lui donne, consiste en un morceau de pain de prison généralement mal cuit, et un gobelet d'eau pour déjeuner à sept heures et demie.

À midi, il a pour dîner une assiette de bouillie de maïs grossièrement préparée; à cinq heures et demie, un morceau de pain sec et un gobelet d'eau.

Ce régime appliqué à un homme fait, vigoureux, produit toujours une maladie d'un genre ou d'un autre; la diarrhée domine, et la faiblesse qui en est la conséquence.

Aussi dans une grande prison les remèdes astringents sont-ils distribués régulièrement par les gardiens comme une chose qui va de soi.

En ce qui concerne l'enfant prisonnier, il lui est, en général, impossible de manger quoi que ce soit.

{213}Pour peu qu'on connaisse les enfants, on sait combien leur digestion est facilement troublée par un accès de pleurs, un ennui, une souffrance d'esprit de n'importe quelle sorte.

Un enfant, qui a passé toute la journée et peut-être la moitié de la nuit à pleurer tout seul dans une cellule faiblement éclairée, est incapable de manger une bouchée de cette grossière, de cette horrible nourriture.

Quant au petit garçon, auquel le gardien Martin a donné les biscuits, cet enfant pleurait de faim le mardi matin, et il lui était absolument impossible de manger le pain et de boire l'eau qui lui avaient été servis pour son déjeuner.

Martin sortit après que les déjeuners eurent été servis, et acheta quelques petits fours pour l'enfant plutôt que de le voir mourir de faim.

{214}C'est fort beau de sa part, et ce fut l'avis de l'enfant, qui dans son ignorance complète des règlements faits par la commission des prisons, dit à un des gardiens-chefs combien son subalterne avait été bon pour lui.

Le résultat naturel fut un rapport et le renvoi.

Je connais parfaitement Martin, et j'étais sous sa surveillance pendant les sept dernières semaines de mon emprisonnement.

Quand il fut nommé à Reading, on le chargea de la Galerie C, où j'étais détenu.

Je le voyais donc constamment.

Je fus frappé de la bonté et de l'humanité singulières avec laquelle il me parlait, ainsi qu'aux autres prisonniers.

De bonnes paroles, c'est beaucoup, en prison, et un *bonjour*, un *bonsoir*, dits d'un ton agréable, vous rendent aussi heureux qu'on peut l'être en prison.

{215}Il était toujours doux et calme.

Le hasard m'a appris une autre circonstance où il se montra d'une grande bonté envers un des prisonniers, et je n'hésite pas à la rapporter.

Une des choses les plus horribles, en prison, c'est la mauvaise disposition des appareils hygiéniques.

Aucun prisonnier n'est autorisé, en quelques circonstances que ce soit, à quitter sa cellule après cinq heures et demie du soir.

Si donc il est atteint de diarrhée, il faut que sa cellule lui serve de latrines, et qu'il passe la nuit dans une atmosphère aussi fétide que malsaine.

Quelques jours avant ma libération, Martin faisait la ronde à sept heures et demie, avec un des gardiens-chefs pour ramasser l'étoupe et les outils des prisonniers.

Un homme, tout récemment condamné {216}et auquel la nourriture avait donné une violente diarrhée, ainsi que cela arrive toujours, demanda au gardien-chef l'autorisation de vider le baquet de sa cellule, à cause de l'horrible odeur qui régnait dans sa cellule, et pour le cas où il serait indisposé pendant la nuit.

Le gardien-chef répondit par un refus formel: c'était contraire aux règlements.

L'homme devait passer la nuit dans ce terrible état de choses.

Mais Martin, plutôt que de voir ce malheureux dans une situation aussi répugnante, dit qu'il viderait lui-même le baquet de cet homme, et il le fit.

Un gardien, qui vide le baquet d'un prisonnier, cela est évidemment contre les règles, mais Martin accomplit cet acte de bonté simplement parce qu'il était d'un naturel humain, et l'homme lui en fut très reconnaissant, ce qui était naturel.

{217}En ce qui concerne les enfants, on a beaucoup parlé, beaucoup écrit en ces derniers temps de l'influence corruptrice qu'exerce la prison sur un jeune enfant.

Ce qui a été dit est très vrai.

Un enfant est profondément contaminé par la vie de prison. Mais l'influence qui contamine n'est point celle des prisonniers.

C'est celle du système de la prison dans son ensemble, — du directeur, de l'aumônier, des gardiens, de l'isolement en cellule, de la nourriture révoltante, des règlements faits par les commissaires des prisons, du genre de «discipline» de la vie, c'est ainsi qu'on l'appelle.

On prend toutes les précautions pour ôter à un enfant la vue de tous les prisonniers au-dessus de seize ans.

Les enfants sont assis à la chapelle derrière un rideau, et on les envoie prendre {218}de l'exercice dans de petites cours sans soleil, — parfois dans une cour pavée, parfois dans une cour derrière les moulins, plutôt que de leur laisser voir les prisonniers majeurs prenant l'air.

Or, la seule influence vraiment humanisante qui s'exerce dans la prison est celle des prisonniers.

Leur bonne humeur dans un milieu terrible, leur sympathie mutuelle, leur humilité, leur douceur, les sourires pleins de bienveillance qu'ils échangent en se rencontrant, leur parfaite résignation à leur peine, tout cela est admirable, et j'ai moi-même appris d'eux bien des choses salutaires.

Je ne vais pas proposer que, les enfants ne soient pas assis derrière un rideau à la chapelle, ni qu'ils prennent de l'exercice dans un coin de la cour commune.

Je veux simplement faire remarquer {219}que la mauvaise influence sur les enfants n'est point et n'a jamais pu être celle des prisonniers, mais qu'elle est et restera toujours celle du système des prisons lui-même.

Il n'y a pas dans la prison de Reading un seul homme qui n'eût consenti à subir lui-même la peine des trois enfants, à leur place.

La dernière fois que je les vis, c'était le mardi après leur condamnation.

Je faisais ma promenade à sept heures et demie avec une douzaine d'autres hommes, quand les enfants passèrent près de nous, accompagnés d'un gardien, revenant de la cour empierrée, humide, morne, où ils avaient pris l'air.

Je vis la plus profonde pitié dans les regards que mes compagnons jetèrent sur eux.

Les prisonniers, pris en masse, sont ex {220}trêmement bons et pleins de sympathie l'un envers l'autre.

La souffrance, et la souffrance en commun, donne de la bonté aux hommes, et jour par jour, en allant et venant par la cour, je me rappelais avec plaisir et consolation ce que Carlyle appelle quelque part le «silencieux charme rythmique de la compagnie humaine».

En cela, comme en toute autre chose, les philanthropes et les gens de même sorte font fausse route.

Ce ne sont pas les prisonniers qui ont besoin de réforme; ce sont les prisons.

Certes, on ne devrait jamais envoyer en prison un enfant au-dessous de quatorze ans.

C'est là une absurdité, et comme bien des absurdités, il en résulte des choses absolument tragiques.

Si toutefois il faut les envoyer en pri {221}son, on devrait leur faire passer la journée dans un atelier ou une salle d'école avec un gardien.

Il faudrait qu'ils passent la nuit dans un dortoir, avec un gardien de nuit pour les surveiller.

Il faudrait leur faire prendre l'air pendant trois heures par jour au moins.

Les cellules sombres, mal aérées, mal odorantes, sont terribles pour un enfant, et même pour n'importe qui.

On respire toujours un mauvais air en prison.

La nourriture, donnée aux enfants, devrait être du thé et de la soupe faite avec du beurre et du pain.

La soupe de la prison, est très bonne et très salubre.

La Chambre des Communes pourrait régler en une demi-heure le traitement des enfants.

{222}J'espère que vous userez de votre influence pour obtenir ce résultat.

La façon dont les enfants sont traités actuellement est vraiment un outrage à l'humanité et au bon sens.

Cela vient de la stupidité.

Permettez-moi d'attirer votre attention sur une autre chose terrible qui se passe dans les prisons anglaises, et à vrai dire dans toutes les prisons du monde, où le système du silence et de la réclusion cellulaire est pratiqué.

Je fais allusion au grand nombre d'individus qui deviennent fous ou faibles d'esprit en prison.

Dans les prisons de convicts à longue peine, cela est naturellement très fréquent, mais cela se voit aussi dans les prisons ordinaires, comme celle où j'ai été renfermé.

Il y a trois mois, je remarquai parmi les prisonniers qui prenaient de l'exercice {223}avec moi un jeune homme qui avait l'air sot ou faible d'esprit.

Certes, toute prison a ses clients faibles d'esprit, qui viennent et y reviennent, et dont on peut dire qu'ils passent leur vie en prison.

Mais ce qui me frappa chez ce jeune homme, c'était qu'il avait l'air plus faible d'esprit que ce n'est le prisonnier ordinaire, avec son rire niais, les éclats de rire qu'il lançait à tout propos, et l'agitation perpétuelle, la contraction incessante de ses mains.

L'étrangeté de sa conduite fut remarquée par tous les autres prisonniers.

De temps à autre, on ne le voyait pas à l'exercice, ce qui m'indiquait qu'il était puni de réclusion dans sa cellule.

Je finis par découvrir qu'il était mis en observation, que des gardiens veillaient sur lui jour et nuit.

{224}Quand il paraissait à l'exercice, il avait toujours l'air d'être hystérique, et ne faisait que tourner en pleurant, ou riant.

À la chapelle, il était toujours assis sous les yeux de deux gardiens, qui ne le perdaient pas de vue un seul instant.

Parfois, il se cachait la tête dans les mains, ce qui était défendu par le règlement de la chapelle.

Alors un coup donné sur sa tête par le gardien lui rappelait qu'il devait avoir constamment les yeux dirigés vers la table de la communion.

Parfois il se mettait à pleurer,—sans causer de désordre—mais les larmes ruisselaient sur sa figure, avec des secousses hystériques à la gorge.

On bien il se mettait à rire tout seul d'un air idiot, à faire des grimaces.

{225}Plus d'une fois, on le renvoya de la chapelle à sa cellule, et naturellement, il était sans cesse puni.

Comme le banc, sur lequel j'étais ordinairement assis à la chapelle, était juste derrière le banc au bout duquel ce malheureux était placé, j'eus l'occasion de l'observer à loisir.

Je le voyais sans cesse à l'exercice, je le voyais devenir fou, et on le traitait comme un simulateur.

Samedi de la semaine dernière, vers une heure, j'étais dans ma cellule, occupé à nettoyer et polir la vaisselle de fer-blanc qui m'avait servi à dîner.

Je fus tout à coup surpris en entendant le silence de la prison interrompu par les cris les plus horribles, les plus révoltants, ou plutôt par des hurlements.

Ma première pensée fut qu'on était en train d'abattre, d'une main maladroite, un {226}taureau on une vache, en dehors de l'enceinte de la prison.

Mais je ne tardai pas à m'apercevoir que les hurlements venaient des sous-sol de la prison, et je compris qu'on fouettait quelque malheureux.

Je n'ai pas besoin de dire combien ce fut hideux et terrible pour moi, et je me demandai quel était l'homme qu'on châtiait de cette façon révoltante.

Soudain je vis comme dans un éclair que c'était sans doute le malheureux insensé qu'on fouettait.

Il n'est pas nécessaire de dire quels furent mes sentiments à ce sujet, ils n'ont rien à voir dans la question.

Le lendemain, dimanche, je vis le pauvre diable à l'exercice, sa figure banale, laide, souffrante, bouffie par les larmes et l'hystérie au point de le rendre méconnaissable.

{227}Il suivait le cercle central avec les vieux, les mendiants, les boiteux, en sorte que je pus l'observer tout le temps.

Ce fut le dernier dimanche que je passai en prison.

C'était la plus belle journée de toute l'année, et là, sous ce magnifique soleil, — allait ce pauvre être, — jadis fait à l'image de Dieu, — ricanant comme un singe faisant avec ses mains les gestes les plus fantastiques, comme s'il jouait en l'air d'un invisible instrument à cordes, ou s'il arrangeait et comptait des jetons en quelque jeu bizarre.

Pendant tout ce temps, ces larmes hystériques, sans lesquelles aucun de nous ne le vit, faisaient des raies sales sur sa figure blême et enflée.

La grâce hideuse et tranquille de ses gestes lui donnaient l'air d'un clown.

C'était un grotesque vivant. {228}

Tous les autres prisonniers avaient les yeux sur lui, et pas un d'eux ne souriait.

Tous savaient ce qui lui était arrivé, qu'on le menait tout droit à la folie, qu'il était déjà fou.

Au bout d'une demi-heure, le gardien le fit rentrer, et le punit, à ce que je suppose.

Du moins, il n'était pas à l'exercice le lundi, bien que je croie l'avoir vu au coin de la cour empierrée, marchant sous la surveillance d'un gardien.

Le mardi, — mon dernier jour de prison, — je le vis à l'exercice.

Il était plus mal que jamais, et on le fit rentrer.

Depuis lors, je ne sais rien de lui, mais j'appris d'un des prisonniers, qui marchait avec moi à l'exercice, qu'il avait reçu, pendant l'après-midi, vingt-quatre coups de fouet dans la cuisine, par l'ordre des juges visiteurs, sur le rapport du médecin.

{229}Tous ces hurlements, qui nous avaient terrifiés, sortaient de sa bouche.

Il est hors de doute que cet homme devient fou.

Les médecins de prison n'entendent absolument rien aux maladies mentales.

En masse, ce sont des ignorants.

La pathologie de l'esprit leur est inconnue.

Quand un homme commence à devenir fou, ils le traitent comme un simulateur.

Ils le font punir, punir sans trêve.

Naturellement l'état de l'homme empire.

Quand les punitions ordinaires ont échoué, le médecin fait un rapport aux juges de paix.

Le résultat est la flagellation. On ne se sert pas du chat à neuf queues, mais du bouleau: l'instrument est une baguette, mais le résultat produit sur le malheureux affaibli d'esprit peut s'imaginer. {230}

Son matricule est, ou était A. 2. 11.

J'ai trouvé aussi le moyen de connaître son nom: c'est Prince.

Il faudrait faire tout de suite quelque chose pour lui.

Il est soldat et il a été condamné par un conseil de guerre.

Sa peine est de six mois, et il lui en reste à faire trois.

Puis-je vous prier d'employer votre influence à obtenir qu'on examine son cas et que ce prisonnier dément soit convenablement traité?

Il ne faut pas compter sur un rapport des commissaires médicaux: ils ne méritent aucune confiance.

Les médecins inspecteurs semblent ne pas comprendre la différence qui existe entre l'idiotie et la folie, entre l'entière absence d'une fonction ou d'un organe et les maladies d'une fonction ou d'un organe. {231}

L'homme A. 2. 11, sera, je n'en doute pas, en état de dire son nom, la nature de sa faute, le jour du mois, la date où commence et où se termine sa peine, de répondre à une question simple, mais que son esprit soit dérangé, cela ne comporte aucun doute.

Pour le moment, c'est un horrible duel entre lui et le médecin.

Le médecin se bat pour une théorie; l'homme lutte pour sa vie.

Je désire vivement que l'homme l'emporte.

Mais que toute l'affaire soit examinée par des autorités compétentes en matière de maladies cérébrales, et par des gens animés de sentiments humains, qui aient encore quelque bon sens, quelque pitié.

Il n'y a pas de raison pour qu'on demande au sentiment d'intervenir: il est toujours nuisible. {232}

Ce cas est un exemple spécial de la cruauté inséparable d'un système stupide, car le directeur actuel de Reading est un homme de caractère doux et humain, grandement aimé et respecté de tous ses prisonniers.

Il a été nommé en juillet dernier, et bien qu'il ne puisse rien changer aux règlements du système des prisons, il a modifié l'esprit dans lequel ils étaient appliqués par son prédécesseur.

Il est très populaire parmi les prisonniers et parmi les gardiens.

À vrai dire, il a entièrement modifié toute la tendance de la vie de prison.

D'autre part, il est évident qu'il n'a aucune action sur les règlements, en vue de les modifier.

Il voit chaque jour, je n'en doute pas, des choses qu'il sait injustes, stupides, cruelles. Mais il a les mains liées.

{233}Naturellement j'ignore ce qu'il pense réellement de l'affaire du A. 2. 11, et ce qu'il pense de notre système actuel.

Je ne juge de lui que par le changement complet qu'il a opéré dans la prison de Reading.

Sous son prédécesseur, le système était appliqué de la façon la plus brutale et la plus stupide.

Je suis, Monsieur, votre obéissant serviteur.

OSCAR WILDE.

27 mai.

{234} {235}

RÉFORME DES PRISONS

À l'Éditeur du "Daily Chronicle" (24 mars 1898).

{236}

Monsieur,

{237}

J'apprends que le Bill pour la Réforme des Prisons, du secrétaire de l'Intérieur, passera cette semaine en première ou en seconde lecture, et, comme votre journal a été le seul journal anglais qui ait pris un intérêt réel et vital à cette importante question, j'espère que vous me permettrez, comme à un homme qui connaît la vie dans une prison anglaise par une longue expérience personnelle, d'indiquer {238}quelles réformes sont urgentes et nécessaires dans notre système actuel, si barbare et si stupide.

Par un article de fond qui a paru dans vos colonnes, il y a environ une semaine, j'apprends que la principale réforme proposée consiste à augmenter le nombre des inspecteurs et visiteurs officiels qui devront avoir accès dans nos prisons anglaises.

Une réforme de ce genre est absolument inutile.

La raison en est extrêmement simple.

Les inspecteurs et les juges de paix, qui visitent les prisons, y viennent pour s'assurer que les règlements de la prison sont exactement observés.

Ils viennent uniquement pour cela, et ils n'ont aucune autorité, alors même qu'ils en auraient le désir, pour changer un seul article des règlements. {239}

Jamais un seul prisonnier n'a obtenu le moindre soulagement, la moindre attention, le moindre soin, grâce à des visiteurs officiels.

Les inspecteurs ne viennent point pour être utiles aux prisonniers, mais pour s'assurer que les règlements sont appliqués.

Le but de leurs visites est de veiller à ce que soit mis en pratique un code stupide et inhumain.

Et comme il faut bien qu'ils fassent quelque besogne, ils ont grand soin de s'en acquitter.

Un prisonnier, auquel aurait été accordée la plus mince faveur, redoute l'arrivée des inspecteurs.

Et le jour où une prison est inspectée, les fonctionnaires de la prison redoublent de brutalité envers les prisonniers.

Naturellement, ils ont à coeur de montrer la splendide discipline qu'ils maintiennent.

{240}Les réformes nécessaires sont très simples.

Elles ont trait aux besoins de l'esprit de tout malheureux prisonnier.

Au premier point de vue, il y a trois peines permanentes autorisées par la loi dans les prisons anglaises:

1° la faim. 2° l'insomnie. 3° la maladie.

La nourriture donnée aux prisonniers est absolument insuffisante.

Elle est en grande partie de nature répugnante; en totalité, elle est trop faible.

Tout prisonnier souffre de la faim nuit et jour.

Une certaine quantité de nourriture est minutieusement pesée, once par once, pour chaque prisonnier: c'est juste ce qu'il faut pour entretenir, non pas la vie, mais l'existence.

{241}Mais on est constamment torturé par la douleur et la faiblesse de la faim.

Le résultat de cette alimentation, — qui consiste presque toujours en une bouillie très claire, déchet de viande et eau, — c'est la maladie sous la forme de diarrhée continue.

Cette maladie, qui finit par devenir chronique chez la plupart des prisonniers, est une institution reconnue dans toutes les prisons.

Par exemple, à la prison de Wandsworth, où j'ai été enfermé deux mois, jusqu'à ce qu'il devint nécessaire de me transporter à l'hôpital, où je restai deux autres mois, les gardiens font une tournée deux ou trois fois par jour, avec des remèdes astringents, qu'ils donnent aux prisonniers comme une chose toute naturelle.

Après une semaine environ de ce traite {242}ment-là, ai-je besoin de dire que le remède ne produit plus aucun effet.

Le misérable prisonnier est alors abandonné en proie à la maladie la plus exténuante, la plus décourageante, la plus humiliante qu'on puisse imaginer, et si, comme cela arrive souvent, la faiblesse physique le met hors d'état d'achever le nombre de tours exigés à la manivelle ou au moulin, il est signalé pour paresse, et puni d'une façon aussi sévère que brutale.

Et ce n'est pas tout.

On ne peut rien imaginer de plus contraire à l'hygiène que l'aménagement d'une prison anglaise.

Au temps jadis, chaque cellule était pourvue de quelque chose comme des latrines.

Ces latrines ont été supprimées maintenant; elles n'existent plus: à leur place {243}on fournit à chaque détenu un petit baquet de fer-blanc.

Le détenu est autorisé à vider son baquet trois fois par jour, mais on ne lui permet pas d'avoir accès aux lavabos de la prison, excepté pendant l'heure unique qu'il passe à l'exercice.

Et après cinq heures du soir, on ne l'autorise à quitter sa cellule pour quelque prétexte, quelque raison que ce soit.

Un homme, atteint de diarrhée, est donc placé dans une situation si répugnante qu'il est superflu d'insister sur ce point, qu'il serait même inconvenant de le faire.

Les souffrances, les tortures qu'endurent les détenus par suite de cette disposition révoltante au point de vue de l'hygiène ne sauraient se décrire.

Et l'impureté de l'air dans les cellules de la prison, accrue par un système de ventilation absolument inefficace, est si {244}écoeurant, si malsain qu'il n'est point rare de voir les gardiens violemment indisposés, quand le matin, venant du grand air, ils ouvrent et inspectent chaque cellule.

J'ai été témoin de ce fait plus de trois fois, et plusieurs gardiens m'en ont parlé comme d'une des corvées les plus écoeurantes que leur impose leur emploi.

La nourriture donnée aux prisonniers devrait être suffisante et saine.

Il faudrait qu'elle ne fût point de nature à produire la diarrhée continuelle qui, de simple indisposition, passe à la maladie chronique.

L'aménagement hygiénique des prisons anglaises devrait être entièrement modifié.

Il faudrait que tout prisonnier put avoir accès aux lavabos en cas de nécessité, et vider son baquet quand c'est nécessaire.

Le système actuel de ventilation de chaque cellule est absolument défectueux.

{245}L'air arrive à travers des grillages serrés, passe par un tout petit ventilateur dans la haute fenêtre garnie de barreaux, ventilateur beaucoup trop petit, trop mal construit pour faire entrer une quantité suffisante d'air frais.

On ne vous accorde qu'une heure sur les vingt-quatre heures de la longue journée.

Ainsi, pendant vingt-trois heures, on respire l'air le plus impur qu'il soit possible.

Quant à ce qui concerne la punition de l'insomnie, elle n'existe que dans les prisons chinoises et anglaises.

En Chine, on l'inflige en mettant le prisonnier dans une petite cage de bambou, en Angleterre, au moyen du lit de planche.

Le but du lit de planche est de produire l'insomnie.

Il n'a pas d'autre objet, et il l'atteint invariablement.

{246}Et même quand on finit par vous accorder un matelas dur, ainsi que cela se fait au cours de la détention, on souffre encore de l'insomnie.

Le sommeil est, en effet, une habitude, comme toutes les choses qui donnent la santé.

Tout détenu, qui a eu pour lit des planches, souffre de l'insomnie.

C'est une punition révoltante, ignorante.

Pour ce qui regarde les besoins de l'esprit, je vous demande de me permettre de dire quelques mots.

Le système actuel des prisons a presque l'air d'être fait exprès pour causer le naufrage et la destruction des facultés intellectuelles.

Si la production de la folie n'en est pas le but, elle en est certainement le résultat.

C'est là un fait bien établi.

{247}Les causes sautent aux yeux.

Privé de livres, de toute relation avec des êtres humains, isolé de toute influence humaine et humanisante, condamné au silence éternel, soustrait à tout contact avec le monde extérieur, traité en animal dépourvu d'intelligence, dégradé au-dessous du niveau de n'importe quelle créature du monde des bêtes, le misérable, qui est enfermé dans une prison anglaise, n'a guère de chance d'échapper à la folie.

Je ne tiens point à m'étendre sur ces horreurs, et moins encore à exciter en ces affaires un intérêt sentimental passager.

Aussi, je me bornerai, avec votre permission, à dire ce qu'on devrait faire.

Tout détenu devrait avoir un assortiment suffisant de bons livres.

Présentement, pendant les trois premiers mois de sa détention, on ne lui accorde aucun livre, à l'exception de la Bi {248}ble, du livre de prières et du livre de cantiques.

Après ce temps, on lui accorde un livre par semaine.

Non seulement ce n'est pas assez, mais encore les livres, qui composent la bibliothèque ordinaire d'une prison, sont absolument sans valeur.

Ce sont surtout des livres soi-disant religieux, de troisième catégorie, mal écrits, composés évidemment pour des enfants, et qui ne peuvent convenir ni à des enfants ni à d'autres.

Il faudrait encourager les prisonniers à lire, et avoir les livres dont ils ont besoin, et ces livres devraient être bien choisis.

Actuellement le choix des livres est fait par l'aumônier de la prison.

Sous le régime actuel, un détenu n'est autorisé à voir ses amis que quatre fois {249}par an, et pendant vingt minutes chaque fois.

C'est très fâcheux.

On devrait permettre au détenu de voir ses amis une fois par mois, et pendant un temps raisonnable.

La mode actuelle, qui est en vogue, d'exhiber un détenu à ses amis, devrait être changée.

Dans le système d'aujourd'hui, le prisonnier est ou bien enfermé à clef dans une grande cage en fil de fer, ou bien dans une grande caisse de bois, avec une petite ouverture, et couverte d'un grillage en toile métallique.

Ses amis sont placés dans une cage semblable, à trois ou quatre pieds de distance.

Deux gardiens se tiennent dans l'espace intermédiaire pour écouter, et si cela leur plaît, interrompre la conversation, quelle qu'elle puisse être.

{250}Je propose qu'on permette au détenu de voir ses parents ou amis dans une chambre.

Les règlements actuels sont révoltants et exaspérants à un point qu'on ne saurait dire.

Une visite de parents ou d'amis est pour chaque détenu un redoublement d'humiliation et de souffrance mentale.

Beaucoup de prisonniers, plutôt que de subir une pareille épreuve, se refusent entièrement à voir leurs amis.

Et je ne saurais trouver cela surprenant.

Quand on voit son solicitor, on le voit dans une chambre dont la porte est vitrée, et le gardien se tient de l'autre côté.

Quand un homme voit sa femme et ses enfants, ou ses parents ou ses amis, on devrait lui accorder le même privilège.

Etre exhibé comme un singe en cage, à {251}des gens qui ont de l'affection pour vous, et pour qui on en a, c'est une inutile et horrible dégradation.

Il faudrait permettre à tout détenu d'écrire et de recevoir une lettre par mois.

À présent on ne permet d'écrire que quatre fois par an.

C'est absolument insuffisant.

Une des choses tragiques de la vie de prison, c'est de pétrifier le coeur de l'homme.

Les sentiments d'affection naturelle, comme tous les autres sentiments, ont besoin de nourriture.

Ils meurent aisément d'inanition.

Une carte-lettre, quatre fois par an, ce n'est pas assez pour faire vivre les affections plus douces et plus humaines, grâce auxquelles, en définitive la nature est entretenue dans un état qui la rende accessible aux influences du bien et du beau qui {252}peuvent sauver une vie naufragée et ruinée.

Il faudrait supprimer l'habitude de mutiler et d'expurger les lettres.

Présentement, si dans une lettre, un détenu se plaint du système de la prison, cette partie de la lettre est coupée avec une paire de ciseaux.

Si d'autre part il formule quelque plainte quand il s'entretient avec ses amis à travers les barreaux de la cage, ou l'ouverture de la caisse de bois, il est malmené par le gardien, et inscrit au rapport pour une punition chaque semaine jusqu'à l'époque de la visite suivante.

On compte bien que dans l'intervalle il aura appris, non point la sagesse, mais la ruse, et cela s'apprend toujours.

C'est une des rares choses qu'on apprend en prison.

Malheureusement les autres choses sont {253}de plus grande importance en certains cas.

S'il m'est permis de dépasser les bornes, puis-je dire ceci?

Vous avez demandé dans votre article de tête qu'on ne permette à aucun aumônier de prison d'avoir aucune charge, aucun emploi en dehors de la prison même. Mais c'est là une affaire sans aucune importance.

Les aumôniers de prison ne servent absolument à rien.

Considérés en masse, ce sont des gens bien intentionnés, mais d'une sottise qui va jusqu'à la niaiserie.

Ils ne servent à rien au détenu.

Une fois toutes les six semaines, on entend la clef tourner dans la porte de la cellule, et l'aumônier entre.

Naturellement on est tout attention.

Il demande si on a lu la Bible.

{254}On répond oui ou non, selon les circonstances.

Il cite alors quelques textes, sort et referme la porte à clef.

Parfois il laisse des tracts.

Les fonctionnaires, auxquels il devrait être interdit d'exercer quelque emploi hors de l'enceinte de la prison, ou d'avoir une clientèle particulière, ce sont les médecins des prisons.

Actuellement, le médecin de la prison à d'ordinaire, sinon toujours, une nombreuse clientèle privée et occupe des emplois dans d'autres institutions.

Il en résulte que la santé des détenus est entièrement négligée, que l'état sanitaire de la prison n'est pas du tout surveillé.

Je regarde, et dès ma première jeunesse, j'ai toujours regardé le corps médical, comme la profession de beaucoup la plus humaine de la société.

{255}Mais je dois faire une exception pour les médecins des prisons.

Autant que j'ai pu le voir par mes rapports avec eux, par ce que j'ai vu d'eux à l'hôpital et ailleurs, ils sont butors de manières, d'un caractère grossier, et absolument indifférents à la santé ou au bien-être des détenus.

Si l'on interdisait aux médecins de prison la clientèle privée, ils seraient obligés de s'intéresser quelque peu à la santé, aux conditions hygiéniques des gens qui leur sont confiés.

J'ai tâché d'indiquer dans ma lettre quelques-unes des réformes nécessaires dans notre système des prisons anglaises.

Ce sont des choses simples, pratiques et humaines.

Ce n'est là, bien entendu, qu'un commencement.

Mais il est temps de commencer, et l'im {256}pulsion ne peut être donnée que par la forte pression de l'opinion publique formulée dans votre puissant journal et entretenue par lui.

Mais il y aura beaucoup à faire pour rendre effectives même ces réformes-là.

Et la première tâche, à entreprendre, et peut-être, la plus difficile, est d'humaniser les directeurs de prison, de civiliser les gardiens et de christianiser les aumôniers.

Votre,... etc.

L'auteur de la *Ballade de la Prison de Reading*.

23 mars.

{257}

OUVRAGES PARUS

I. — **Au delà des Forces**, par BJORNSTEJERNE BJORNSON, premier et deuxième parties. Traduction de MM. Auguste Monnier et Littmanson. Un volume in-18. Prix 3 50

II. — **Le Roi**, drame en quatre actes; **Le Journaliste**, drame en quatre actes, par BJORNSTEJERNE BJORNSON. Traduction de M. Auguste Monnier. Un volume in-18. Prix 3 50

III. — **Les Prétendants à la Couronne**, drame en cinq actes **Les Guerriers à Helgeland**, drame eu quatre actes, par HENRIK IBSEN. Traduction de M. Jacques Trigant-Geneste. Nouvelle édition. Un volume in-18. Prix 3 50

IV. — **Les Soutiens de la Société**, pièce en quatre actes; **L'Union des Jeunes**, pièce en cinq actes, par HENRIK IBSEN. Traduction de MM. Pierre Bertrand et Edmond de Nevers. Deuxième édition. Un volume in-18. Prix 3 50

V. — **Empereur et Galitéen**, par HENRIK IBSEN. Traduction de M. Charles de Cusanove. Quatrième édition, revue et corrigée. Un volume in-18. Prix 3 50

VI. — **Nouveaux Poèmes et Ballades**, de A.-C. SWINBURNE. Traduction d'Albert Savine. Un volume in-18. Prix 3 50

VII. — **Oeuvres en Prose**, de P.-B. SHELLEY, traduites par Albert Savine. Pamphlets politiques. Réfutation du déisme Fragments de romans. Critique littéraire et critique d'art Philosophie. Un volume in-18. Prix 3 50

VIII. — **Souvenirs autobiographiques du Mangeur d'opium**, par THOMAS DE QUINCEY. Traduction et préface par Albert Savine Deuxième édition. Un volume in-18. Prix 3 50

IX. — **Confessions d'un Mangeur d'opium**, par THOMAS DE QUINCEY. Première traduction intégrale par V. Descreux. Nouvelle édition. Un volume in-18. Prix 3 50

X. — **Aurora Leigh**, par ELISABETH BARRETT BROWNING. Traduit de l'anglais. Troisième édition. Un volume in-18. Prix 3 50

XI.—**Un Gant**, comédie en trois actes; **Le Nouveau Système** pièce en cinq actes, par BJORNSTJERNE BJORNSON. Traduit du norvégien par Auguste Monnier. Un vol. in-18. Prix 3 50

XII.—**Le Portrait de Dorian Gray**, par OSCAR WILDE. Traduit de l'anglais par M. Eugène Tardieu. Cinquième édition. Un volume in-18. Prix 3 50

XIII.—**Un Héros de notre Temps**, récits; **Le Démon**, poème oriental, par LERMONTOEF. Traduit du russe par A. de Villamarie. Deuxième édition. Un volume in-18 3 50

XIV.—**Intentions**, par OSCAR WILDE. Traduction, préface notes de J. Joseph-Renaud. Un volume in-18 3 50

XV.—**La Dame de la Mer**, pièce en 5 actes; **Un Ennemi du Peuple**, pièce en 5 actes, par HENRIK IBSEN. Traduction de M.M. Ad. Chennevière et C. Johansen. Un vol. in-18 3 50

XVI.—**Enlevé!** roman de ROBERT L. STEVENSON. Traduction et préface d'Albert Savine. Un volume in-18 3 50

XVII.—**Poèmes et Poésies** par ELISABETH BARRETT BROWNING Traduction de l'anglais et étude par Albert Savine, Un volume in-18 3 50

XVIII.—**Le Crime de lord Arthur Savile**, par OSCAR WILDE Traduit de l'anglais par Albert Savine. Un vol. in-18 3 50

XX.—**Derniers Contes**, par EDGAR POE. Traduits par F. Habbe Un volume in-18 3 50

XX.—**Le Portrait de Monsieur W. H.**, par OSCAR WILDE. Traduit de l'anglais par Albert Savine. Un volume in-18. 3 50

XXI.—**Poèmes**, d'OSCAR WILDE. Traduction et préface par Albert Savine. Un volume in-18. 3 50

XXII.—**Simples Contes des Collines**, par RUDYARD KIPLING. Traduits de l'anglais par Albert Savine. Un volume in-18. 3 50

XXIII.—**Le Prêtre et l'Acolyte**, nouvelles, par OSCAR WILDE. Traduction et préface par Albert Savine. Un vol. in-18. 3 50

XXIV.—XXV.—XXVI.—**Oeuvres poétiques complètes de Shelley**, traduites par F. Rabbe. Précédées d'une étude historique et critique sur la vie et les oeuvres de Shelley. Trois volumes in-18, se vendant séparément chacun 3 50

XXVII.—**Nouveaux Contes des Collines**, par RUDYARD KIP-LING. Traduits de l'anglais par Albert Savine. Un volume in-18. 3 50

XXVIII.—**Mystères et Aventures**, par A. CONAN DOYLE. Traduction d'Albert Savine. Un volume in-18. 3 50

XXIX.—**Trois Troupiers**, par RUDYARD KIPLING. Traduction d'Albert Savine. Un volume in-18. 3 50

XXX.—**Autres Troupiers**, par RUDYARD KIPLING. Traduction d'Albert Savine. Un volume in-18. 3 50

XXXI.—**Le Parasite**, par CONAN DOYLE. Traduction d'Albert Savine et Georges-Michel. Un volume in-18. 3 50

XXXII.—**Au Blanc et Noir**, par RUDYARD KIPLING. Traduction d'Albert Savine. Un volume in-18. 3 50

XXXIII.—**Théâtre. I.—Les Drames**, par OSCAR WILDE. Traduction d'Albert Savine. Un volume in-18. 3 50

XXXIV.—**La Grande Ombre**, roman, par A. CONAN DOYLE. Traduction d'Albert Savine. Un volume in-18. 3 50

XXXV.—**Poèmes et Ballades**, de A. C. SWINBURNE. Traduction de M. Gabriel Mourey et notes de Guy de Maupassant. Un volume in-18, nouvelle édition 3 50

XXXVI.-**Un Début en Médecine**, roman, par A. CONAN DOYLE. Traduction d'Albert Savine. Un volume in-18. 3 50

XXXVII.—**Chants d'avant l'Aube**, par A. C. SWINBURNE. Traduction de M. Gabriel Mourey. Un volume in-18. 3 50

XXXVIII.—**Sous les Déodars**, par RUDYARD KIPLING. Traduction d'Albert Savine. Un volume in-18. 3 50

XXXIX.—**Nouveaux Mystères et Aventures**, par CONAN DOYLE. Traduction d'Albert Savine. Un volume in-18. 3 50

XXXX.—**Idylle de Banlieue**, par CONAN DOYLE. Traduction d'Albert Savine. Un volume in-18. 3 50

XXXXI.—**Théâtre. II.—Les Comédies, I.** par OSCAR WILDE. Traduction d'Albert Savine. Un volume in-18. 3 50

XXXXII.—**La Cité de l'Épouvantable Nuit**, par RUDYARD KIP-
LING. Traduction d'Albert Savine. Un volume in-18. 3 50

XXXXIII.—**Jim Harrison, boxeur**, par CONAN DOYLE. Traduction d'Albert Savine. Un volume in-18. 3 50

XXXXIV.—**La Merveilleuse Découverte de Raffles Haw**, par
CONAN DOYLE. Traduction d'Albert Savine. Un volume in-18. 3
50

XXXXV.—**Au Hasard de la Vie**, par RUDYARD KIPLING. Traduction d'Albert Savine. Un volume in-18. 3 50

XXXXVI—**Vice Versa**, roman, par F. ANSTEY. Traduit de
l'anglais par Ch. Bernard-Derosne. Un volume in-18, nouvelle édition 3 50

XXXXVII.—**Lettres de Marque**, par RUDYARD KIPLING. Traduction d'Albert Savine. Un volume in-18 3 50

XXXXVIII.—**Théâtre. III.—Les Comédies, II**, par OSCAR
WILDE. Traduction d'Albert Savine. Un volume in-18. 3 50

XXXXIX.—**Une Maison de Grenades**, par OSCAR WILDE. Traduction d'Albert Savine. Un volume in-18. 3 50

L.—**Micah Clarke.—Les Recrues de Monmouth**, par A. CONAN
DOYLE. Traduction d'Albert Savine. Un vol. in-18. 3 50

LI.—**Le Capitaine Micah Clarke**, par A. CONAN DOYLE. Traduction d'Albert Savine. Un volume in-18. 3 50

LII.—**Derniers Mystères et Aventures**, par A. CONAN DOYLE.
Traduction d'Albert Savine. Un volume in-18. 3 50

LIII.—**La Bataille de Sedgemoor**, par A. CONAN DOYLE. Traduction d'Albert Savine. Un volume in-18 3 50

LIV.—**Terres de Silence**, par EDWARD WHITE. Traduit par J. G.
Delamain. Un vol. in-18/ 3 50

LV.—**Brugglesmith**, par RUDYARD KIPLING. Traduction d'Albert Savine et Georges-Michel. Un vol. in-18. 3 50

LVI.—**Un Duo**, par A. CONAN DOYLE, seule traduction intégrale par Albert Savine. Un volume in-18 3 50

LVII.—**Les Enquêtes du prestigieux Héwitt**, par ARTHUR MORRISON. Adaptation française par Albert Savine et Georges Michel. Un volume in-18. 3 50

LVIII.—**Nouvelles Enquêtes du prestigieux Héwitt**, par ARTHUR MORRISON. Adaptation française par Albert Savine. Un volume in-18. 3 50

LIX.—**Dernières Enquêtes du prestigieux Héwitt**, par ARTHUR MORRISON. Adaptation française par Albert Savine. Un volume in-18 3 50

LX.—**Essais de Littérature et d'Esthétique**, (1877-1885), par OSCAR WILDE. Traduction d'Albert Savine. Un vol. in-18. 3 50

LXI.—**Chez les Américains**, par RUDYARD KIPLING. Traduction d'Albert Savine. Un volume in-18. 3 50

LXII.—**La Mort d'Ivan le Terrible**, par le Cte ALEXIS TOLSTOÏ. Traduction de B. Tseytline et E. Jaubert. Un vol. in-18. 3 50

LXIII.—**Dorrington détective marron**, par ARTHUR MORRISON. Traduction d'Albert Savine. Unh vol. in-18. 3 50

LXIV.—**Nouveaux Essais de Littérature et d'Esthétique**, 1886-1887, par OSCAR WILDE. Traduction d'Albert Savine. Un vol. in-18. 3 50

LXV.—**Parmi les Cheminots de l'Inde**, par RUDYARD KIPLING. Traduction d'Albert Savine. Un vol. in-18. 3 50

LXVI.—**Dick le Galopeur**. par H. B. MARRIOTT WATSON. Traduction d'Albert Savine. Un vol. in-18. 3 50

LXVII.—**Le N° 19759. Confessions d'un Condamné**, recueillies par JULIEN HAWTHORNE. Traduction d'Albert Savine. Un vol. in-18 3 50

LXVIII.—**Derniers Essais de Littérature et d'Esthétique**, (1887-1890) par OSCAR WILDE. Trad. d'Albert Savine. Un vol. in-18. 3 50

LXIX.—**Idylles de la Mer**, par FRANK Th. BULLEN, préface de R. KIPLING. Texte français d'Albert Savine. Un vol. in-18. 3 50

LXX.—**Anatole**, par ARTHUR SCHNITZLER. Traductions de MM. Maurice Rémon et Maurice Vancaire. Un vol. in-18. 3 50

LXXI.—**Les Aventuriers**, par H. B. MARRIOTT WATSON. Traduction d'Albert Savine. Un volume in-18. 3 50

LXXII.—**La Maison de la Courtisane**, par OSCAR WILDE. Traduction d'Albert Savine. Un vol. in-18. 3 50

Le traducteur et l'éditeur déclarent réserver leurs droits de traduction et de reproduction pour tous les pays, y compris la Suéde et la Norvège.

Ce volume a été déposé au Ministère de l'Intérieur (Section de la librairie) en avril 1919.

De cet ouvrage il a été tiré à part dix exemplaires sur papier de Hollande, numérotés et paraphés par l'éditeur .

DU MÊME TRADUCTEUR:

JUAN VALERA.—Le Commandeur Mendoza.

NARCIS OLLER.—Le Papillon, préface d'Emile Zola.—Le Rapiat.

JACINTO VERDAGUER.—L'Atlantide.

EMILIA PARDO BAZAN.—Le Naturalisme.

HENRYCK SIENKIEWICZ.—Pages d'Amérique.

ANDREW CARNEGIE.—La Grande-Bretagne jugée par un Américain.

ELISABETH BARRETT BROWNING.—Poèmes et Poésies.

TH. DE QUINCEY.—Souvenirs autobiographiques du Mangeur d'opium.

TH. ROOSEVELT.—La Vie au Ranche.—Chasses et parties de chasse.—La Conquête de l'Ouest.—New-York.

PERCY BYSSHE SHELLEY.—Oeuvres en prose.

ROBERT L. STEVENSON.—Enlevé!

ALGERNON C. SWINBURNE.—Nouveaux Poèmes et Ballades.

ARTHUR CONAN DOYLE.—Mystères et Aventures.—Le Parasite. (En collaboration avec Georges-Michel.)—La Grande Ombre.—Un Début en Médecine.—Idylle de Banlieue.—Nouveaux Mystères et Aventures.—Jim Harrison, boxeur.—La merveilleuse découverte de Raffles Haw.—Derniers Mystères et Aventures.—Le Capitaine Micah Clarke.—Les Recrues de Monmouth.—La bataille de Sedgemoor.—Un Duo.

ARTHUR MORRISON.—Les Enquêtes du prestigieux Héwitt.—Nouvelles Enquêtes du prestigieux Héwitt.—Dernières Enquêtes du prestigieux Héwitt.—Dorrington détective marron.

H.-B. MARRIOTT WATSON.—Dick le Galopeur.

JULIEN HAWTHORNE.—Confessions d'un condamné, par le N° 19759.

FRANK-TH. BULLEN.—Idylles de la mer.

À LA MÊME LIBRAIRIE

OEUVRES D'OSCAR WILDE

Intentions. Traduction de M. J. Joseph-Renaud. Un volume in-18, 3e édition 3 fr. 50

Le Crime de lord Arthur Savile. Traduction de M. Albert Savine. Un volume in-18. 3 fr. 50

Le Portrait de Mr W. H. Traduction de M. Albert Savine. Un volume in-18, 3 fr. 50

Poèmes. Traduction de M. Albert Savine. Un volume in-18. 8 fr. 50

Essais de Littérature et d'Esthétique, 1877-1885. Traduction de M. Albert Savine. Un volume in-18. 3 fr. 50

Le Prêtre et l'Acolyte. Traduction de M. Albert Savine. Un volume in-18. 3 fr. 50

Théâtre.—T. I.—Les Drames. Traduction de M. Albert Savine. Un volume in-18. 3 fr. 50

Théâtre.—T. II.—Les Comédies. T. I. Traduction de M. Albert Savine. Un vol. in-18. 3 fr. 50

Théâtre.—T. III.—Les Comédies. T. II. Traduction de M. Albert Savine. Un vol. in-18. 3 fr. 50

Une Maison de Grenades. Traduction de M. Albert Savine. Un vol. in-18. 3 fr. 50

Le Portrait de Dorian Gray. Traduction d'Eugène Tardieu. Un volume in-18, 7° édition. 3 fr. 50

Nouveaux essais de Littérature et d'Esthétique. 1886-juin 1887. Traduction de M. Albert Savine. Un volume in-18. 3 fr. 50

Derniers essais de Littérature et d'Esthétique. Traduction de M. Albert Savine. Un volume in-18. 3 fr. 50.

La Maison de la Courtisane. Traduction d'Albert Savine. 3 fr. 50

Imprimerie Générale de Châtillon-sur-Seine.—EUVRARD-PICHAT.